顾随品读古诗词

顾随 著

中国妇女出版社

图书在版编目（CIP）数据

顾随品读古诗词 / 顾随著. -- 北京 ：中国妇女出版社，2023.12
ISBN 978-7-5127-2263-7

Ⅰ.①顾…　Ⅱ.①顾…　Ⅲ.①古典诗歌－诗歌欣赏－中国　Ⅳ.①I207.2

中国国家版本馆CIP数据核字（2023）第015011号

责任编辑：肖玲玲
封面设计：今亮后声·郭维维
责任印制：李志国

出版发行：中国妇女出版社
地　　址：北京市东城区史家胡同甲24号　　邮政编码：100010
电　　话：（010）65133160（发行部）　　65133161（邮购）
网　　址：www.womenbooks.cn
邮　　箱：zgfncbs@womenbooks.cn
法律顾问：北京市道可特律师事务所
经　　销：各地新华书店
印　　刷：嘉业印刷（天津）有限公司

开　　本：145mm×210mm　1/32
印　　张：8.5
字　　数：168千字
版　　次：2023年12月第1版　　2023年12月第1次印刷
定　　价：50.00元

编者说明

本书文章多数写于民国时期至中华人民共和国成立初期，当时的某些词汇和语法与现代汉语的通用规范存在一定的差异，如“冰淇淋”一词的写法，“的”“地”“得”以及“底”的用法等。

在编校时，我们尽量保留了这些具有时代特色的用词和表达方式，以便尽可能完整、准确地呈现顾随先生原文的语言风格。

目录

论诗

何谓诗?
若简括之，便是：诗言志。
诗与志是一而二、二而一者也。

论词

在中国词史上，
所有人的作品可以四字括之——无可奈何。

论诗

何谓诗？

若简括之，便是：诗言志。

诗与志是一而二、二而一者也。

关于诗

——卅六年八月十四日在北平青年军夏令营讲稿

今天的题目颇觉广泛，但也并非信手拈来。自从本月五日约好前来讲演一次之后，就时时想到题目。自然，讲演一如作文，没有题目便无从下手。但我想除此而外，还有一个问题：即是诸君年级不同，系别各异，拟的题目，太高太低，太深太浅，都不免有厚此薄彼之嫌。而况太低太浅，不是卑之无甚高论，便是老生常谈，未免糟蹋诸位宝贵的时间与精力。太高太深则我个人的学力与见解亦俱办不到。加之几日来有些琐事萦心，思想不能集中；立秋以来，天气潮湿，时苦骨痛，兴致亦复大减。所以想来想去，想了这么一个题目。意思是尽我所知，想到哪里，说到哪里，仿佛谈天似的不受拘束；诸君听着也许不至于太觉枯燥。但又希望不使其成为信口开河、即所谓乱谈者是。

但立刻又觉得大非易事。你们邀我来谈诗，一定以为我懂得诗。而且我答应了来讲诗的，其时我自觉也颇知道一点诗似的。

然而诗这个东西，本身真有点儿古怪。在我不说它时，我自以为有点儿懂得；但待到想说时，我又茫然了。诸位是正受着高等教育的人，于诗也不生疏而隔膜的；但在未听我讲说之前，你们个个人都似乎对诗有点儿了解认识，待到听我说时，或之后，一定要感到又莫名其妙了。但今日实逼处此，事不获已，我不妨姑妄言之，诸位也少安毋躁，姑妄听之吧。

首先要讲的是何谓诗，也就是说诗是什么？什么是诗的定义？

《毛诗·大序》上说得好："诗者，志之所之也。在心为志，发言为诗。"若简括之，便是：诗言志。诗与志是一而二、二而一者也。

什么又叫作志呢？古来于志字所下定义是：志者，心之所之也。说得明白一点，便是：大序所谓"情动于中"。说得哲学一点，就是：心是体，志是用。又：如果说心是喜怒哀乐之未发；而志便是已发了也。亦即是佛家所谓"心生种种法生"之"心生"。不过单单有此心之所之，情动与心生，也还不成其为诗；因为这只是内在的动机。又必须出之于口，笔之于纸，而后整个的诗乃能成立：这便是外在的形式。（此刻还顾不得详说。）

复次，这心之所之，情动与心生，必须是纯一的，无一丝毫孱假始得。这便是中国所谓修辞立其诚的那个诚字。《中庸》曰："不诚无物。"连物都没有，哪里得有诗来？你饿了，想吃饭：这个是心之所之，是情动，是心生；也就是诚。饿了想吃饭，焉有不诚之理。渴了，想喝水：这个是心之所之，是情动，是心生；也就是诚。再如夏天燥渴，想吃冰淇淋，亦复如然。孟子说“知好色则慕少艾”，也就是此个道理。馀俱准知，不再絮聒。以上所说底诚，也即是诗。

又以上所讲诚字是无伪义。本已具足圆满。但我还想画蛇添足，即诚字尚有专一义。此本不必别立一义，为是要引起诸位注意，所以不觉词费。专一者何？《论语》有言曰：“造次必于是，颠沛必于是。”即是此义。亦复即是佛说《阿弥陀经》所说之一心不乱；赵州和尚云，老僧四十年别无杂用心处，如是，如是。譬如你饿了时，既想吃饭，又想吃面；渴了时，既想吃西瓜，又想吃冰淇淋，不用再说别的，只这个便是心乱，杂用心，不专一，也就是不诚。恐怕如此想吃想喝，亦未见得是真饿与真渴。不见《石头记》中人物刁钻古怪地想出许多吃的喝的东西，难道俱是饿出来的、渴出来的见识么？决不，决不！须知这正是不饿不渴时的想头也。知好色则慕少艾，亦然。爱到了白热化时，对方一人便即占据了整个的心灵，更无些许空隙留与第二人。西洋有一位作家曾说：我只需要一个女子；其馀的都可以到魔鬼那里去。于此，你不可再问，那么，连他的母亲也在内吗？这个便是诗，这个便是诚，也就是所谓诚的专一义。

以上说诚有二义，一者无伪，一者专一。中外古今底诗人更无一个不是具有如是诗心。若不如此，那人便非诗人，那人的心便非诗心，写出来的作品无论如何字句精巧，音节和谐，也一定不成其为诗的作品。倘若说诚字未免太陈旧，又是诚，又是无伪，又是专一，未免有些儿三心二意，于此，我再传给你一个法门：诗心只是个单纯。能做到单纯，《诗经》的“杨柳依依”是诗，《离骚》的“哀众芳之芜秽”也是诗，曹公的“老骥伏枥”是诗，曹子建的“明月照高楼”也是诗，陶公的“采菊东篱”是诗，他的“带月荷锄”也是诗，李太白的“床前明月光”是诗，杜少陵的“麻鞋见天子，衣袖露两肘”也是诗。等而下之，“月黑杀人地，风高放火天”也不害其成为诗。扩而充之，不会说话的婴儿之一举手、一投足、一哭、一笑也无非是诗。推而广之，盈天地之间，自然、人事、形形色色，也无一非诗了也。我如此说了，诸君可觉得奇怪吗？试想诗如不在人世间，不在生活中，将更在什么处？

诸位也许觉得从吃饭、喝水等等一直说到自然、人事之形形色色，不免有点儿不单纯了吧。我再告诉你这一切依然是单纯。我的立意是单纯，假若所举例证是复杂，岂不是证龟成鳖？我虽糊涂到不知二五是一十，亦还不至于如是之荒唐。是的，这一切依然是单纯。你如以为不单纯，那便是你自己不肯做到单纯。

玉泉山的水号称天下第一泉，据说泡茶吃最好不过。者水在泡了茶之后，已经有了茶的色香味质在内，当然并不单纯。即在未泡茶之前，我们假使用化学分析法分析那水，恐怕氢二氧之外，还有其他矿质在内，又何尝是单纯？但在者氢二氧与其他矿质按了一定的量数组合而成为玉泉水这一点上，便已是单纯化了也。

又如日光，以肉眼看来，岂不是白色？岂不是单纯？但我们的物理学老师曾讲解给我们听，又试验给我们看过：日光分明是七色。者岂不又是复杂？然而在七色组合为日光时，那却又早是地地道道地单纯了也。即如夏令营中有许多人，人人有其性情，人人有其面貌，这岂不又是复杂？然而纪律严明，精神团结，恰恰铁桶一般地成其为一个夏令营，而并非一盘散沙，这又早已单纯了也。即如我今日在此胡说乱道，颠倒反复，且莫认作复杂；须知我只说一个字：诗。单纯、单纯、单纯之极了也。总而言之，统而言之，世间一切，摄于诗心，只是个单纯，只是个诚，只是无伪与专一。举一反三，闻一知十，不再多说。

试问诗心如何做到单纯；单纯又到何种田地？则将答之曰：只需要一个无计较心；极而言之，要做到无利害，无是非，甚至于无善恶心。佛家好说第一义，者个与我们今日无干，诗心并非第一义，而是第一念。何谓第一念？譬如诸君从西苑进城，路上遇着乞丐向你乞讨，那么，由于儒家的恻隐之心也好，佛家的慈悲心也好，普通所谓人类同情心也好，总之是有一种内在的力量鼓动着你，使你自然而然地不得不然地将些钱或物给与那乞丐，者个便是单纯的诗心，所谓第一念。倘若以为不给便不道德，者已是第二念。若再以为同伴给过了，自己不给，面子上不好看，或再有心比同伴多给，以图得乞丐的感谢，道旁行人的赞叹，者个便即是杂念，更无一丝毫诗心了也。你且不可说这又与诗有什么相干。你不觉得曹子建的“明月照高楼”，陶渊明的“悠然见南山”，也便是此种第一念底张口呼出吗？可怜，可怜。世上许多许多诗匠们一定要死死认定平上去入、五言七言之类是诗，而一般皮下无血眼里无筋之流，亦以为除此外更无别有，真乃罪过弥天，万劫不得人身。中国的诗一直向者个路子上死却了也。

你或者又要问无计较心、无利害心之为诗心尚可，无是非善恶之心怕是成不得。这一问怕是错会意到无是无善即将成为非与恶两个字。于此，我再告你：是与善尚且没有，非与恶更从何来？世谛立名是相对的；诗心却是绝对的。饿了想吃，渴了想喝，见了乞丐想帮他钱物，日本侵略中国，我们抗战：者一切只是个第一念，有甚是非善恶好讲？佛家所谓不思善、不思恶；儒家所谓喜怒哀乐之未发之谓中，发而皆中节谓之和：正是这一番道理。但如此说诗，虽未必即是误入歧途，却亦不免玄之又玄。如今且另换一种说法，其实也更别无新意，只是重复一回前面所说之诚。只要你做到诚的境界，自然无计较、无利害、无是非、无善恶，更无丝毫走作。步步踏着，句句道着，处处光明磊落，只此一团诗心作用着，说什么佛法儒教，要且没干涉。

说到这里，假使有人问：那么，恶人的杀人放火又当如何呢？那心是否诗心？是否第一念？不知我只向你说诗心是无道德（non-morality），而并非说是不道德（im-morality）。况且他已自成为恶人了，你还让我向他说些甚的；我自愧并非生公说法能使顽石点头。难道诸君真的好意思让我抱了琴对牛去弹？

须知恶人性近习远，以后天熏习之故，失掉诗心，已自成为恶人了，你教我从何说起？然而如此说，却又不免落在世谛中。

若细细按下去，触类而长之，则真正恶人未始没有诗心。即以杀人放火而论，《水浒传》里的铁牛李大哥岂但以之为业，简直以之为乐，十足的一位真命强盗也。你且看他平时言谈举动是何等风流自赏，妩媚可喜。风流自赏是名士，妩媚可喜是美人，教人不禁不由得由衷心里爱他。那原因即在于李大哥从来不曾口是心非，只是一个诚，只是一团的无伪、专一与单纯。至如宋公明却被金圣叹那位怪物骂了个狗血喷头，就因为他口里虽是替天行道，考其行实满不是那么一回子事也。（所以说真小人胜于伪君子，就是此个道理。）又如孟老夫子是精于义利之辨的，他所定的君子小人之分野即在此义利二字上。他道是："鸡鸣而起，孳孳为义者，尧之徒也；鸡鸣而起，孳孳为利者，跖之徒也。"这岂不是冰炭不同炉、薰莸不同器？但是除开义利两字，与尧之徒、跖之徒两个名词，你只看那鸡鸣而起，孳孳而为，君子与小人，又岂不是同此一个诚字，岂不是一般无二地无伪、专一与单纯。庄子曰："盗亦有道。"我于此亦不妨说恶人亦仍旧有诗心也。你只要不站在世谛的立场上去看，去想，去批评，便一定不以我为信口开河了也。

说到这里，诸位便可了然于中国旧诗古来原是好的，何以后来堕落到恁般地步。作诗者只晓得怎样去讲平仄，讲声调，讲对仗与格律，结果只是诗匠而并非诗人，因为他压根儿就不曾有过诗心。以此之故，所以他虽然点头晃脑，自命雅人，其实却从头顶至脚跟毫无折扣的一个俗物。又因为不诚，所以没有真性情，真感觉，真思想，而只成为一个学语之徒，动是说我学陶渊明，我学杜少陵；漫说学得不像，即使像了，也只是大户人家的一个听差，饶他腆了大肚子倚在朱红的大门旁，坐在光漆的板凳上，自觉威风，明眼人看来，还不又是《水浒传》上石勇所说的“脚底下泥”之流耶？像者样人的笔下的作品，岂但非诗，简直是一堆一堆的垃圾！我之读诗作诗者已四十馀年，为什么将旧诗说得如此不堪？只为四十馀年之读作，直到白发盈头、百病交集的今天，方才发觉自身深受此病，真是悔之晚矣。所以今日借此机缘，大声疾呼，不愿别人再受此病，拟得一味独参汤：拈出一个诚字来供大家商量。明知刍荛之力未必即能回天，但愿中国的诗人与其作品从此日臻康强，毫无病态。诸君不要以为诗心只是诗人们自己的事，与非诗人无干；亦不可以为诗心只是作诗用得着，不作诗时便可抛掉：苟其如此，大错，大错。诗心的健康，关系诗人作品的健康，亦即关系整个民族与全人类的健康；一个民族的诗心不健康，一个民族的衰弱灭亡随之；全人类的诗心不健康，全人类的毁灭亦即为期不远。

宋儒有言，我虽不识一个字，也要堂堂地做一个人。我只要说：我们虽不识一个字，不能吟一句诗，也要保持及长养一颗健康的诗心。我们不必去做一个写了几千首诗而没有诗心的诗匠。我不愿再去打落水狗，梁鸿志不也作了许多诗、王揖唐不也作了许多诗、汪精卫不也作了许多诗吗？诸君再放眼去看社会的黑暗岂不俱是因了没有诗心的原故吗？

我本想由诚再说到仁，由诗心再说到诗的内容要有力，外形要简单。但时间有限，而我的精力也不支。北平洋车夫的一句话：带住。但我还要引《论语》孔圣人的话来为自己壮一壮门面：

> 诗可以兴，可以观，可以群，可以怨；迩之事父，远之事君；多识于草木鸟兽之名。

有劳诸君久坐，谢谢。

卅六年[①]八月十三日夜八时写讫

① 民国三十六年，即1947年。（本书脚注均为编者注）

曹操乐府诗初探

（一）

东汉末年是一个政治腐败、赋税繁重、权势横行、土地兼并极为严重的时期。结果则是大规模农民起义的爆发和群雄割据。最后，统一的汉王朝分裂为三国鼎峙。这可以说是历史上一个动荡变乱的时代。曹操自其初入仕途以至爵封魏王，就在这时代里生活着，应该说是斗争着。

曹操虽然出身于封建统治官僚地主阶级，但在最初，他的名位则较低。当时社会上早已形成一种重视门第的风气。他的门第又不多么高贵。首先，他的父亲不拘做过什么官，但总是宦官的养子，连本姓也不甚了然（一说姓夏侯）。这一点就很容易招致当时人们的轻视。曹操当然感觉到这点，所以他一出仕做地方官，就专门与贵戚、豪族为敌。这自然也算为老百姓做了一点好事。但他毕竟是个官僚地主，所以他不能不镇压黄巾起义。

曹操的创业也是很艰苦的。在初期平定中原、消灭群雄时，地盘狭小和兵力薄弱是他最大的劣势。在后期三分天下时，他遭遇到孙权和刘备那么两个劲敌。纵使他满可以“挟天子”，却绝对不能“令诸侯”。便是在朝廷上，他也是时时在与异己分子做斗争。前一种形势使他刻意于练兵、屯田和招致贤才。而后一种形势则使他成为一个猜忌多疑，甚至于忮刻、好杀的人。

鲁迅先生在评价曹操的为人时，曾说他“是一个很有本事的人，至少是一个英雄”。又说：“无论如何是一个精明人。”（《魏晋风度及文章与药及酒之关系》）古语说：“时势造英雄。”马克思列宁主义哲学认为人的意识是社会发展的产物；它是物质的反映、存在的反映。依此看来，把曹操作为一个历史人物，鲁迅先生给与他的评价大体上是公允的。

把曹操作为一个文学史上的人物，即作为一个作家，鲁迅先生给与他的评价就更高一些。鲁迅先生首先说“他自己能作文章”。又说：“曹操本身，也是一个改造文章的祖师，可惜他的文章传的很少。他胆子很大，文章从通脱（即解放思想，不拘于传统弊习之意）得力不少，作文章时又没有顾忌，想写的便写出来。”（同上）鲁迅先生语焉不详，他为什么说曹操是“改造文章的祖师”呢？但也露出了一点线索，那就是：他说曹操在“文章方面，成了清峻的风格。——就是文章简约严明的意思”（同上）。这清峻的风格就形成了一代的风气，成为后来所谓“建安风骨”。

可惜鲁迅先生不曾提到曹操的诗。

（二）

曹操的诗流传下来的也并不多。丁福保所辑《全汉三国晋南北朝诗》里所收的共只二十四首。其中有三两首还很难确定为曹操所作；那么，剩下来的就不过二十首左右。《三国志》注引《魏书》说曹操“登高必赋”，想来他平生所作当不止于此数。

曹操的诗都是乐府诗。上古诗与歌不分，凡诗皆可以歌唱，可以入乐。汉代始有乐府之名。能歌、能入乐的诗谓乐府；否则只叫作诗，后来或谓之为“徒诗”（“徒”与“只”同义，言其只是诗而不是歌）。自汉而后，直至有唐，仍而不改，虽然古乐府已经名存而实亡。

汉至六朝，乐府诗作可分为三大类。一是封建统治阶级在祭祀、宴飨时所用的乐府诗。这是他们装门面、吓唬人的玩意儿，严格说来，根本不能叫作诗。又其一则是民歌。这是人民群众的创作，内容或揭发统治阶级的黑暗与腐败，或叙述老百姓的现实生活。这才是真正的乐府诗。其三则是上层知识分子采取了民间乐府即民歌的作风、语言乃至其形式而又加之以自己的创造所写成的乐府诗。其中好坏不等，须要分别看待。曹操的乐府诗当然属于第三类，而且多半可以说是好的作品。

曹操的乐府诗显而易见是受到民歌的影响。他的作品有的是五言，但有一些则是四言和长短句，这可是民歌的句法。其次则是其语言之朴素，譬如《短歌行》中的“月明星稀，乌鹊南飞；绕树三匝，何枝可依？”如是等等的句子所在多有，简直“明白如话”。钟嵘《诗品》说他“古直”，正指此点而言。但曹操又是个好学而博学的人。曹丕就曾说：“上（曹操）雅好诗书文籍，虽在军旅，手不释卷。”（《典论·自叙》）曹操自己也“常言：‘人少好学则思专；长则善忘。长大而能勤学者，惟吾与袁伯业耳。’”。（同上）因此，他的作品显而易见受到了古代诗歌的影响。他的作品中有许多篇都引用了故典或经书，而且在《短歌行》中，他还一字不易地征引了《诗经》的原句。（当然，这些句子的涵义都和原诗不同。）我们可以说曹操乐府诗的来源是民歌和古诗。但这不等于说曹操只是在模仿民歌和古诗。正如同一切大诗人一样，他不能不有所继承；但更为重要的是有所创作，有所发展。他的作品有他自己的内容思想，有他自己的独特风格。

（三）

有人认为曹操是一位大军事家，但更为重要的是：他还是一位大政治家。在政治上，他不但有实践，而且有理论、有理想。

这里抛开他的散文，单看他的诗。

他认为汉末中央政府之垮台由于用人之不当。在《薤露行》中，一开头他便说："维汉廿二世，所任诚不良：沐猴而冠带，知小而谋强。"其结果则是："荡覆帝基业，宗庙以燔丧。"有鉴于此，所以他在当权和创业时，时时流露出"求贤若渴"之意。这散见于他前后所下的"令"文里，例不胜举。便是他的《短歌行》中所高唱的"山不厌高，海不厌深。周公吐哺，天下归心"，也就可见一斑了。做领袖，创大业，必须知人善任，这有一部分真理，特别是在旧的封建社会里。

他主张以俭治国。《度关山》一首诗里，就写出了"侈，恶之大；俭为共德"。奢侈为最大的罪恶，而节俭则为共同遵守的美德：这可又教他说着了。在同诗里，他还反对滥用民力，奴役百姓。他叹息于后世君主之"劳民为君，役赋其力"。总上两点，曹操是主张以俭治国，要惜财爱民，而不可以劳民伤财：这不是完全正确的政治理论吗？

他深切致慨于乱世人民之痛苦。《蒿里行》一诗中，他写出了"铠甲生虮虱，万姓以死亡。白骨露于野，千里无鸡鸣。生民百遗一，念之断人肠！"这样被后人称为"诗史"的句子。当然不能因此就说忮刻、好杀的曹操有爱民之心，甚至具备伟大人道主义精神。然而正如鲁迅先生所说，曹操是一个精明的人。他深知道老百姓遇到了兵荒马乱、民不聊生（就像《蒿里行》所写的那种情形）的时候，国将不成其为国，君也难乎其为君了。封建时代的皇帝坐天下，也不能是“空军司令”，也必须有人民，必须让老百姓有饭吃，能活下去。作为政治家的曹操倘若见不及此，不但算不得政治家，也不成其为精明人，直是一个糊涂虫了。是的，他是个精明人。他虽不能与老百姓同命运，共呼吸，但他晓得客观存在的真实性，他自己的理智逼迫着他不能忘怀于老百姓，多少要给他们做点儿好事，实际还是为了他自己的利益，为了他自己的事业。于是他也就写出了如上所述一类的诗篇。

如果说上述一类的政治诗俱偏于理论，在题作《对酒》的一篇乐府诗里，曹操可就明白具体地表达出他的政治理想。曹操的前半生可以说是饱经乱离。他的父亲曹嵩及其家属就曾遭到敌人的杀害。他自己在战场上，几度出生入死；而他的子（子修）侄（安民）就死在乱军之中（见曹丕《典论·自叙》）。本身感受及政治主张（如上文所说）使得他非常向往于太平盛世。由于历史和阶级的局限，他把导致太平的主导力量完全归于上层封建统治阶级。而老百姓被统治着，只要遵守礼法（这样，就不至于“犯上、作乱”），种地打粮食（这样，就完全是“治于人者食人”），此外就“完”事大吉了。所以《对酒》篇一开头就说：“对酒歌，太平时：吏不呼门；王者贤且明；宰相股肱皆忠良；咸礼让，民无所争讼；三年耕有九年储，仓谷满盈。”

这只能说是曹操的一厢情愿。试问：在旧的封建政治制度之下，在阶级社会里，如何能保证每一个君主无不贤明，所有官吏都是忠良呢？这且不说。从表面看来，在诗中所叙述的情形之下，好像老百姓满能够安居乐业了。但这样的安居乐业只能使最高的统治者的江山永保，子孙万代。而这一点却正是曹操主要意图。说得再清楚点儿，他之所以向往于“太平时”，不是为了人民，而是为了自己的子孙。即使我们不如此“深文周内”，曹操所说的“民无所争讼；三年耕有九年储，仓谷满盈”，以及后面所说的“路无拾遗之私；囹圄空虚”和“人耄耋，皆得以寿终”，如是等等的太平景象，与其说是曹操的理想，毋宁说是他的空想。在那一历史阶段，在整个儿的阶级社会的时代，不管如鲁迅先生所说他是个有本事的人，也不能使之成为现实。

然而曹操究竟想得好。他所想象的太平景象却又绝对可以实现，不过那是在现在、在我们的社会主义社会里。平情而论，《对酒》篇中所写的老百姓，特别是农民所过的那种太平生活，就算是曹操的空想吧，毕竟也不失其为大政治家兼大诗人的伟大的空想。

（四）

在旧日，最为脍炙人口的曹操的乐府诗还是属于抒情诗一类的作品，其中尤为有名的是《短歌行》和《苦寒行》。这两首诗自经萧统收录在《文选》之后，历代选录古诗的从来就不曾遗弃过，而研读古诗的也几乎人人读得口熟。现在先说《短歌行》。

余冠英同志在其所编的《三曹诗选》里，解释《短歌行》的主题是“对贤才的思慕”，这相当正确，但仍有其不足之处。说是“思慕”，不免有偏于消极之嫌；而曹操在这首诗里所表现的则是积极的求贤若渴、爱才如命的情绪和态度，其目的则在于使贤才闻风而来，为之奔走效命。要说明这点，怕须稍费笔墨。

首二解八句，不得说曹操对于人生抱着虚无主义。正是因为人生短促，所以才急于在有生之时，做出一番事业，正如同《离骚》所谓“惟草木之零落兮，恐美人之迟暮”。举大事，成大业，必须有贤才之相助；而在旧社会里，又常苦于“才难”。所以“慨”“慷”之后，继以“忧思”。第三解中之“子”和“君”俱指贤才。“悠悠我心”和“沉吟至今”则是念之不能去心。第四解引用《诗经·小雅·鹿鸣》篇诗句，而涵义不同。原诗是宴乐嘉宾，是写实；这里则是招待贤士，是虚拟（因为贤士尚未到来）。第五解中之“忧”仍是思贤之心。思贤而不得见，其忧心之“不可断绝”正如天边明月不可摘取。这是诗人加深、加重地写出自己之思贤；同时，结束了前四解，而引起了以下三解。第六解中，思想成为行动，变消极的思贤而为积极的访贤；所以开头便是“越陌度阡，枉用相存”。以下“契阔”两句写出访贤者对贤士的情谊之殷勤。至此，总合以上六解，可以说俱是围绕着求贤这一主题而写成，但还不曾达到主题的凸出点，即是一首诗还不曾发展到它的高峰。凸出点或高峰在结尾的七、八两解。分别说之。

第七解“月明星稀”四句是有名的诗句，曾被后来许多诗人征引、融化在他们的作品里。这四句可以被理解为写实：诗人同贤士“谈宴”到夜深时所见之景，但已流露出诗人在天下荒荒时的感触和感受。它们也可以被理解为象征。《文选》五臣注，张铣注说：“忠信之士游行，当择其栖托之便矣，若不得其所依，则患害之必至。亦如乌鹊匝树，求其可托之枝。”但还可以更进一步，那就是：良禽择木也并不容易；倘若南飞，即使费尽气力，也还是找不到栖身之所——“何枝可依”者，无枝可依之谓也。这样就暗示：贤士倘若南去（姑且这么说，孙权在东南，刘备在西南），也还是找不到可事之主，不如来投我（曹操）吧。但这不是诗中主题的最凸出或其最高峰。

最末一解是：“山不厌高，海不厌深。周公吐哺，天下归心。”意思是说：大自然中最高的山并不因为自己之高而拒绝再添一块石头、一堆土；最深的海也不因自己之深而拒绝再添一点一滴的水。在旧时，公认为大圣人的周公在周朝开国曾树立下大功勋，但也并不因为自己“之才、之美”（见《论语》）而拒绝召纳贤士，甚至在吃饭时听说有贤士来见，他也立刻吐出口里的食物而出去接见，所以得到天下人的爱戴。这四句像是客观地写出山之高、水之深、周公“之才、之美”，但通过这些，诗人自己之高、之深和“之才、之美”也形象地、生动地呈现于我们眼前。曹操的意图当然并不在此。他是要当时“天下”贤士看见了，“归心”于自己。这才是《短歌行》一诗的最凸出之点或其最高峰，而且把求贤这一主题抒写得面面俱到，艺术手腕之高超不必说。在意识和思想方面，曹操可是过于突出了个人。

《苦寒行》是曹操最成功的一首古典现实主义五言古诗。首先写太行山之高峻，次写路途之艰险，末幅的“迷惑失故路，薄暮无宿栖。行行日已远，人马同时饥。担囊行取薪，斧冰持作糜”，就不止于纪实而已。这六句，特别其中的末两句还象征着曹操这位英雄人物在困难的客观环境中做艰苦卓绝的斗争的精神。这是曹操作为诗人最可佩服、最值得我们学习的地方。就诗论诗，其题材、技巧和风格已扩大了汉代五言诗的范畴，为后来古典现实主义诗人开辟了新途径。唐代号称诗圣的杜甫，不能说是模袭曹操，但其五古中有些篇章就很近似《苦寒行》，特别是发秦州、入西川那些篇。而杜甫给予曹操的评价是：一则曰“英雄割据”，再则曰“文采风流”（见《丹青引》）。他很可能受到曹操的影响。

为什么《苦寒行》全篇结句“悲彼《东山》诗，悠悠使我哀”却又提出了“悲”和“哀”呢？

不错，曹操可以算得是一位敢于和困难做斗争的英雄。不过他毕竟是千馀年前的人物，世界观的局限，他绝不可能有革命的乐观主义精神。他所搞的事业也不是为国家、为人民，而是为自己。因此，我要说他是个人主义者，甚至是一个个人英雄主义者（《短歌行》一诗可证）。同时，他处境艰难（本文第一节已曾提及），时时有非干不可、干来不易的预感。而猜忌多疑的人又每每苦于自己之孤立。

孟子说：“惟孤臣孽子，其操心也危，其虑患也深。”曹操虽不能说是个十足的孤臣孽子，但环境所迫，却使他之“操心”“虑患”十足地“危”和“深”。他在做到大丞相、武平侯时，曾下令说：“欲孤便尔委捐所典兵众，以还执事，归就武平侯国，实不可也。何者？诚恐已离兵，为人所祸也。既为子孙计，又已败则国家倾危，是以不得慕虚名而处实祸。”“为人所祸”，这时他尚且这么“操心”“虑患”，则这之前以及创业之初，更可想而知。以上所说种种原因就是曹操的悲哀之由来；而且习与性相成，根深而蒂固，以致随时随地，一触即发。诗为“心声”，所以不独《苦寒行》，便是其他篇章也往往流露出忧伤愁苦之思。钟嵘《诗品》说他“甚有悲凉之句”，不是没有道理的。

至于《短歌行》和《苦寒行》之所以古今传诵，当然是由于其艺术性较高于本文第三节中所举诸篇。但这两篇也并非没有政治性，《短歌行》更为显而易见。

（五）

毛主席的《浪淘沙·北戴河》词的后片说：

往事越千年，
魏武挥鞭，
东临碣石有遗篇。
萧瑟秋风今又是，
换了人间。

毛主席所谓魏武“遗篇”指的是曹操的《步出夏门行》的第一解（或单题作《观沧海》），其开端第一句即是“东临碣石”。毛主席之所以举此一首，意在于“换了人间”，即是说，今胜于古。此外，虽无明文，想来毛主席对曹操此诗也颇为欣赏；不然，就想不起来，也写不进词里去了。

就曹操这篇乐府诗来说，“东临碣石，以观沧海”，不过是“点题”（或说是“破题”）。“水何澹澹，山岛竦峙”，开始写观沧海之所见：水是低处所见，山岛是高处所见。“树木丛生，百草丰茂”，是山岛上的景物，写来虽然郁郁葱葱，却不是主题所在；而且写的是静止的形象，这不是曹操写景的本色（或说不是他的特殊风格）。接着“秋风萧瑟，洪波涌起”，这才是沧海的景象，而且动起来了，但这还不是主题。曹操之意不在于写海的外貌，不管是动的或是静的。到了结尾的“日月之行，若出其中；星汉灿烂，若出其里”，这才是主题，这才于沧海的外在面貌之外，写出了沧海的宏伟的气派及其内在的伟大的精神。这气派和精神又和作者的相消息着。相传孔子曾经登泰山而小天下。于此可说，曹操观沧海而胸罗万象。还有值得提出的一点：这一首《观沧海》里，不见了屡屡出现于曹操诗作中凄怆的情调和气氛。

余冠英同志曾说：“这一章写登山望海，是建安时代描写自然的名作。”（《三曹诗选》）说得对。但它不止于是建安时代的名作而已。我国海岸线有一万多公里之长。虽然流传着“观于海者难为水”这么一句古语，可是“临清流而赋诗”的多，观沧海而赋诗的少。曹操这一首不但是开山之作，而且是以稀为贵了。不止于此。在这一篇里，诗人不仅仅纪实、写景，他结合了眼前面对的客观现实，运用丰富的想象，而显现出作者的伟大情感和崇高理想。

再次，在好的诗篇里，作者的情感有如涨潮时的水，拍打着堤岸，仿佛要漾出来；作者的思想有如树上枝头熟透了的、色香味俱佳的果实，仿佛要落下来。曹操的代表诗作，姑且就算它是《观沧海》或《短歌行》吧，的确具有以上所说的两种境界。这值得我们学习。至于都是些什么样的情感和思想，我们当然要细加区分，不可以一揽子包下来。

我们正处于一个新的时代里，做着前人未有的事业。我们这一时代的诗人倘若没有深广的生活、丰富的想象、伟大的情感和崇高的理想，以及现实主义和浪漫主义相结合的艺术手腕，那就一定落后于现实，写不出和这一伟大的时代相称的诗篇，而曹操的有些诗的确可供我们“借镜”。至于马克思列宁主义哲学的世界观，我们的诗人定然胜过曹操，因为毕竟是“往事越千年”，“换了人间”了。

东临碣石有遗篇

——略谈曹操乐府诗的悲、哀、壮、热

往事越千年，
魏武挥鞭，
东临碣石有遗篇。
萧瑟秋风今又是，
换了人间。

——毛泽东《浪淘沙·北戴河》

近来报刊上出现了不少评价曹操的文章。有人主张洗掉他千百年来被涂在脸上的白粉。有人说：不行，白粉应该保留。我不是学历史的，谈不到“知人论世”。但我老早以来，就想洗掉曹操脸上的白粉。这样想法有它的来源。

小时候在私塾里念《唐诗三百首》，念杜甫的七古《丹青引·赠曹将军霸》开头第一句，便是“将军魏武之子孙”，当时

我想，曹操并不见得怎样坏，至少不像《三国演义》写得那么坏。倘若很坏，杜甫还能说曹霸是曹操的子孙吗？接着读下去，便是：

英雄割据虽已矣，
文采风流今尚存。

这是说曹操既是“英雄割据”，又是“文采风流”。及至到了曹霸，前者完了，后者依然保存。曹霸不说，单说曹操，倘若抹上白粉脸，还算得什么“文采风流”呢？从第一次读杜诗《丹青引》二十年之后，见到鲁迅先生的《魏晋风度及文章与药及酒之关系》。文章开头的第二段里就说：“……我们讲到曹操，很容易就联想起《三国志演义》[①]，更而想起戏台上那一位花面的奸臣，但这不是观察曹操的真正方法。”后面又说：“其实，曹操是一个很有本事的人，至少是一个英雄，我虽不是曹操一党，但无论如何，总是非常佩服他。”先生还称曹操为“也是一个改造文章的祖师”。又说：“我想他（曹操）无论如何是一个精明人，他自己能作文章。”（见《而已集》）

啊，原来鲁迅先生也是不赞成曹操被抹白脸的。我就更觉得应该洗掉曹操脸上的白粉了。

① 即《三国演义》。

但是，我写这篇小文，用意却不在此。

作为一个历史人物，曹操需要翻案。作为一个文学史人物、一个文人或诗人，曹操是用不着翻案的，因为历来古典文学批评家、理论家，对于曹操总是推崇的，至少是褒多而贬少。虽然有一些褒词，我觉得还不甚恰当。

今天要谈的就是这一点。鲁迅先生只注意到曹操的散文，不知何以不曾提到他的诗歌。古来的文艺理论家倒是只说他的诗，而不提他的文章。也许正因为如此，鲁迅先生就特别提出他的散文。不过，鲁迅先生对曹操的散文评价十分中肯，譬如说曹操在“文章方面，成了清峻的风格。——就是文章要简约严明的意思”。又说：“曹操本身，也是一个改造文章的祖师，可惜他的文章传的很少。他胆子很大，文章从通脱（要解放思想，不拘于清规戒律的意思）得力不少，作文章时又没有顾忌，想写的便写出来。”以上几句很短的话，说明了曹操的文章风格、艺术手法，以及注重思想内容。我们假如要研究曹操的散文，从鲁迅先生这些话出发，由此及彼，总可以得到一个正确的认识。

今天我所要说的只是关于曹操的诗。

梁朝的刘勰在他的有名的《文心雕龙》的《明诗》篇里，论及汉末建安时代的诗，只提出了曹丕、曹植，而不曾提到曹操。《明诗》在刘勰书中是专门论诗的一篇，其中竟不提曹操，并非刘氏认为曹操的诗无足轻重。刘氏那时（六朝），乐府和诗是不混为一谈的。曹操的诗都是乐府——可以入乐，可以歌唱的诗歌。所以同书的《乐府》篇里，才提出了三祖：曹操、曹丕、曹叡。他批评曹操的乐府诗，说："观其'北上'众引"，"辞不离于哀思，虽三调之正声，实《韶》《夏》之郑曲也"。说曹操乐府诗不离哀思，不能说是完全错，虽然也不完全对。至于"《韶》《夏》之郑曲"（郑曲即郑声，《论语》上说"郑声淫"），说曹家另外二"祖"没什么不可以，说曹操也是如此，那就大错特错！

曹操的《苦寒行》（刘勰的文章所谓"北上"）里充满了与大自然中的恶劣环境做艰苦斗争的意志和精神，譬如"行行日已远，人马同时饥。担囊行取薪，斧冰持作糜"。纵然未离"哀思"，纵然不同于《韶》《夏》，可是这怎么能说是"郑曲"呢？

尽管刘勰是一位古典文学理论大师，尽管《文心雕龙》是一部名著，其中确有不少可以供我们学习的理论，可是在批评曹操乐府诗这一点上，我们以为他可犯了错误。我们决不能相信这样说法，决不能允许他对曹操的诗做出这样的评价。不过，刘勰也并非完全否定了曹操的乐府诗，他毕竟说曹操的作品是"三调之正声"。所谓"正声"，是说曹操这样的作法，在乐府的平调、清调和瑟调（"三调"）上，是完全对的。不过不合乎雅乐（《韶》《夏》）而已。

和刘勰同时，还有一位钟嵘。他作过一部《诗品》，对他以前的诗人都做了评价，又按照他们在诗作上成就的大小，而分成上中下三等（品）。他也不大看得起曹操的诗，竟把他列在下品。后来就有不少论诗的人都对钟嵘不满，都替曹操抱屈。

老实说，我从来不把《诗品》和《文心雕龙》同等看待。钟嵘的论诗大不如刘勰之论文多有可取（我是说在古为今用方面）。他不把诗看作反映现实、揭露现实或阶级斗争的武器。他却说：“使穷贱易安，幽居靡闷，莫尚于诗。”这等于把诗看成了麻醉剂，使人不去治疗苦痛，而去忘掉苦痛，忍受苦痛。这可万万要不得。

不过如今只说《诗品》中的曹操一案。

我们看看钟嵘是怎样评价曹操的乐府诗的。《诗品》里说：

> 曹公古直，甚多悲凉之句。

先来咬文嚼字一番。

“古”是简（简单）古，“直”是质（质朴）直。这好像说得有点对头。然而不然。曹操的诗的风格和艺术表现手法，并不止于简古朴素而已。说曹公只是“古直”，这就把曹操的诗简单化了。钟嵘只看见曹公把他的所见、所闻以及其亲身的感受如实地写进诗里去，好像并不加以修饰，而且也不用华丽的词句，便以为是“古直”了。这是只知其一，不知其二。更没有看到（好像也并不懂得）曹公的诗的取材、造句、立意是多么雄健而豪放。“老骥伏枥，志在千里；烈士暮年，壮心不已”（《步出夏门行》）等等的诗篇，就仅仅是“古直”而已吗！没有的话！

钟嵘说的“甚多悲凉之句”，这与刘勰所说“辞不离于哀思”合拍了，而且好像又说对了些。其实这样说法完全没有做到“由表及里”。钟嵘只看到曹操的“表”，而没有看到、也不懂得曹诗的“里”。曹诗表面是“悲”，骨子里却是壮；表面是“凉”，骨子里却是热。钟嵘不懂得曹诗于悲歌之中，有一往直前、艰苦奋斗的气概和意志，用了现代的话说，即是消极之中，有其积极的因素。如其有名的《短歌行》这首诗，凡是选曹操诗的都要选上它，甚至《三国演义》也将它抄录进去了。大概钟嵘读这首诗，只看到了前头的“对酒当歌，人生几何？譬如朝露，去日苦多”的悲凉，即消极；而不曾注意到“山不厌高，海不厌深。周公吐哺，天下归心”那样招揽贤才、治理国事的勃勃雄心和积极的精神。

然而，有些地方，我到底不能不同意刘勰和钟嵘对曹诗所做的批评：“哀”和“悲”。

曹操在其《短歌行》里有这么两句：“慨当以慷，忧思难忘。”这是他的“自明本志”，我们也可说这是曹操的自我批评。曹操是一位诗人中的英雄，同时也是英雄中的一位诗人。生当汉末，天下大乱，群雄四起，他想要活下去，不用说要想做一番事业了，就必须要与天下异己分子做一番你死我活的斗争。因为他的名位比较低，凭借比较小，在“振臂一呼，应者云集”这方面，他就不如四世三公的袁术兄弟，也不如三代据有江东的孙权。而在环境的压迫之下，他又不能不挺身而出。他的“慨当以慷”是最自然不过的情感（慷慨是意气激昂的意思）。但是，他又为什么那样“忧思难忘”，以致写出诗来，使得刘勰和钟嵘说他是“悲”“哀”呢？

这是因为个人主义，甚至个人英雄主义在他的思想感情里作怪的原故。

从个人主义出发，发展而成为个人英雄主义，那是必然的规律。这也不止于曹操为然。在旧的阶级社会里，不管一个人的思想是多么进步，总不免或多或少地含有个人主义的成分。也不管一个人是一位多么有澄清天下之志的英雄，他的身上总不免流露出个人英雄主义的气息。事实如此，毫无例外。一个人若想避免、去掉个人主义或个人英雄主义，除非他掌握了马克思列宁主义哲学世界观，具有为人民服务、为无产阶级战斗的精神。曹操的为人当然谈不到这些个，我们也不能反历史，拿这些个来要求曹操。

个人主义者和个人英雄主义者是孤立的人。易卜生说：“最孤立的人是最坚强的人。”这话不十分正确。我要说：最孤立的人是最容易感到悲哀的人。个人主义者以及个人英雄主义者总是自以为高人一等，高高在上还不算，同时，他们还脱离群众，不能相信群众，乃至除了自己而外，不敢相信其他任何人。他们没有朋友，没有知己（旧时更谈不到同志），没有可与共患难、共忧乐的人。这是孤立，这是孤寂。人是群居的动物，孤寂是不容易忍受的痛苦，于是乎悲哀跟踵而至，成为他的影子，他走在哪里，它就跟在哪里。

马卡连柯说："老实说，过去的文学就是人类的痛苦的一本老账簿。"（马卡连柯《论共产主义教育》）痛苦是一切悲哀的根源。一个人没有痛苦（精神上或肉体上的）就没有悲哀。曹操是个人英雄主义者。曹操是孤立、孤寂的人。因此他的精神是痛苦的。何况他又是一个诗人，而诗人对于痛苦又是非常敏感的，于是乎他感到了悲哀，也写进了诗里去。我们也就怪不得刘勰和钟嵘说他的诗是"悲""哀"。

然而，曹操的诗毕竟并非止于悲哀而已。上文已经说过，曹诗表面是悲，骨子里却是壮；表面是凉，骨子里却是热；消极之中，有其积极的因素。毛泽东同志在他的《浪淘沙·北戴河》一首词里，曾说："魏武挥鞭，东临碣石有遗篇。"这个"东临碣石"指的是曹操的《步出夏门行》里边的《观沧海》一篇。这一篇诗，我们就不能说它是悲哀。

这一篇诗一上来的八句，不过是纪实、写景。余冠英同志编的《三曹诗选》曾说："这一章写登山望海，是建安时代描写自然的名作。"这说得很好。我却更以为，这不仅是建安时代的名作而已。在描写沧海这样的题材上，后来所有的古典派诗人没有一个能赶得上他。这一篇诗的前八句的纪实、写景虽然好，后来古典派大诗人或者还可以写得出。到了结尾四句"日月之行，若出其中；星汉灿烂，若出其里"，那一种伟大的景象，就只有像曹操这样英雄诗人才能写得出。这是因为只有具有伟大感情、伟大理想的人，才能淋漓尽致地表现伟大的景象。相传孔夫子曾经登泰山而小天下，在这里，我们可以说，曹操观沧海而胸罗万象。这不仅只是纪实、写景，而是结合了伟大的景象而显现出作者的伟大情感和伟大理想。在这里，我们就看不见有半点悲哀的影子。

可惜，就只有这么一篇。曹操其他的诗作里，就多多少少地含有悲哀的成分了。我们只好批判地接受，就是说，剔除了其中的消极因素，而采取其积极因素。

我再说一遍，可惜就只有这么一篇。然而，假如善善从长，我们就不能对一个旧时代的诗人做过分的要求，虽然我们也不能不做深入的批判。这一篇《观沧海》究竟是一篇杰作。这恐怕就是毛泽东同志写词的时候所以提到的一个原故吧！

文人是自我中心，

由自我中心至自我扩大，

再至自我消灭，

这就是美，这就是诗。

萝月斋论文杂著

（一）盖棺论定

人固不易知。诗人与艺术家一方面表现自己，一方面却又将自己严密地包藏、修饰起来；而以现代为最甚。旧谚曰：“未从起意神先知。”假若真，则知人者莫若神。本来人之思想与情感，千变万化，风起云涌，不但有时不可以告人，而且自家也怕敢想。

我常想：吾人既非圣贤，则正心诚意的功夫必不到家，若与神同居，有所思莫不为神所知，那真是不但若芒刺之在背，简直如坐针毡了。所以人之不易知，其原因亦半在于不愿为人所知。其愿为人所知者，又往往非其真正的面貌与心肝。于是乎这边歪曲地去求被知，那边又去歪曲地以求知人。两面哈哈镜在对照看，人固不易知乎？诚哉其难也。

于是乎盖棺论定之说来了。其实仍是棺易盖而论难定。

吾人之论古人，往往是援古证今，或借古人以辩护自己。有一个文艺批评家仿佛说过这样的话：文艺批评云者，并非去判断别人，而是求表现自我。吾人之论古人，亦大类乎是。如此说来，论定亦复难说。况且古今人相去正复不远，一个人生不为当代所知，死之后乃能见知于辽远之异代，正自使人难以信得及也。不过盖棺论定之说亦自有其真实性。天才是有呢，是没有呢？兹姑不论。而一个大的诗人与艺术家的成功之作品，不易为一般流俗人所知，则毋庸讳言。及至日久年深，有些人的才力与性情，与这一个诗人与艺术家的相接近了，于是乎了解了，赞美崇拜了。又经过些时，又有几个人与那些人意见相同，于是诗人与艺术家的地位又被抬高了。庸俗总是庸俗，世俗之见总是世俗之见。“人家都说好，想必不错罢。”应声虫似的也来赞美崇拜那诗人与艺术家了。所谓盖棺论定者，勉强说来，亦不过如此而已。

（二）说风

李易安词曰：“袷衫乍看心情好。”的确，严威尽退，脱去了臃肿沉重的冬衣而换上了袷衫时，一阵风来，煦煦然，是觉到无可名状的舒适的。一样的袷衫，当我们在秋日上身时，披襟当风，便觉与春日有截然不同之感。大自然的一切现象，都令人感到神秘。而特别是风。其来也，不知其何所自；其去也，不知其何所终。你看不见它。在北方，一刮风便是一大天黄澄澄。但那是尘沙而不是风的本体。你抓不住它。甚至于听不到它，因为它无声。寻常所谓风声，那是树木声，以及风摩擦着其他事物而发生的声音，不是风的自声。夏日之风使人烦闷，有时亦使人凉爽；冬日之风，则使人感到了冷酷与严肃。然而风之吹是无所为的。它并非为了使你有种种不同之感觉而吹的。它起了，它吹到你的身上了，它又过去了。它忽然停止了。倘使专为了你而吹，则风自应专及你身，不吹及于其他人物，或应及你之身而止，不当四围上下地调调刁刁也。

一个文人之作品，应该如风一般。那力也应该像风，单是有力也还不成。譬如用刀杀人，也算得一件非用力不可的事。但那力亦自有限。刀举处是用力，刀止处便力尽，当其中间，人头落地；自始至终，力之范围，何其区区也！而况乎还有杀而不殊者乎？所以项羽要学万人敌。但既曰万人，则其力亦为万人所限了。

柳麻子说《水浒传》武松打店，到店时大喝一声。酒瓮俱嗡嗡作响，那便是风，比着说景阳冈上三拳两脚打死一只鸟大虫还有力。老杜诗“花近高楼伤客心，万方多难此登临”，一首七律，用此十四字开端，便如山雨欲来，万木号呼，茫茫苍苍，遮天盖地，那便是风。倘说老杜是用了那样的字面，如“万方”等等，所以有力了，则是梦话。曹子建的“柔条纷冉冉，落叶何翩翩”，并不用剑拔弩张的字面，那风依样地将读者吹过了，包围了。

（三）酒与诗

野蛮的民族有时连文字也没有，无论文化，然而他们却有他们的诗与酒。这里所谓诗也者，是广义的，歌谣也算在内，但我于此处还不想说它，先单说酒。

酒是牺牲了有用的天然食物而做成的。据说初民不善保藏食物，譬如果品中的葡萄，原是佳品。霉了，发酵了，之后便成为葡萄酒的滥觞。怎么样和什么时候一个民族才晓得稻、麦、高粱之类造酒的法子呢？那我可不知道。总之酒是牺牲了有用的天产的食物而做成的则毫无可疑。用了那么大的代价而做成的酒，喝了有什么用处呢？除了醉。

喝醉了，时常出乱子。在我国，“使酒骂座”，是有名的典故。灌夫以此连性命也玩完。还有“吃酒行凶”一句谚语。有好些杀人报仇的案子，皆在酒后心粗胆壮时做出来。即使醉后口与手不伤人，在自身说来，也并不卫生。许多病，如肠腐、肺烂、噎食、血压高，皆因饮酒过多而起，所以辛老子到了晚年抱怨了几句：“甚长年咽酒，肺如焦釜；如今喜噎，气似犇雷？”“叹汝于知己，真少恩哉！”

不但此也。在我的故乡，常说吃喝嫖赌吹——吹者，抽大烟也——是五条倾家败产的大道。以喝酒与吃嫖赌吹并举，则酒之为害之烈可知。但酒却不以此而淘汰，稍为大的村镇，无不有酒肆。一个小地方算不了什么。古今中外，自天子以至庶人，凡有宴会，谁又不预备酒呢？《礼记》上说：酒食者可以合欢也。《论语》上说：有酒食先生馔。酒列食前，其重要于食可知。而且又不但此也。凡是文明愈古文化愈盛的民族，其酒的制造方法亦愈精，名色亦愈多，饮酒之风亦愈炽。古希腊号称西洋文化之源泉，不光是他们的诗人善于歌咏酒，还凭空造出个酒神来供养供食。美国立国，虽曰后进，禁酒的法令也终于失败了。由此观之，酒之为物，殆真有不可思议者在矣。

酒究竟有什么好处，而使人如此之陷溺呢？世谓酒有百益，惟害于目，恐是好酒者回护之词，未足为凭。据说古之神仙有饮酒得道的。那又可望而不可即。我辈凡人，不容妄冀非分，只有艳羡。

其次则是时人。最流传人口的“李白斗酒诗百篇”，便是铁证。说也怪，古人诗人，汗牛充栋，各有面目，各具性情，即有同源，亦各不相似。惟诗说到酒，则是天下的老鸹一般黑，异口同音地赞叹。固不独太白的诗，十篇倒有九篇有酒而已也。即便并非不吃酒便不能作诗，至少诗与酒总相连。

在这里我老觉得诗与酒有点儿相似。何以言之？知堂师曾写过一篇麻醉礼赞，似乎说酒的好处是在麻醉。我们不妨说诗与酒是具有同等麻醉之力，使人忘掉——即使暂时也罢——人生之劳苦与悲哀。

任凭你说什么，颓唐、特卡坦[1]、弱者、没出息、不长进、落伍等等，反正什么都成也都不成。因为诗压根儿就是那么一回事。也并不怨诗。谁教上帝造人时把人造成这么一种脆弱肤浅的小可怜虫呢？别的都放在一边，第一先征服不了死。再说人类怎么那么样的野蛮呢？其他生物何尝不有死，不野蛮？幸福的是他们自己并不知道有死和野蛮。而人则明知之而莫可如何，于是乎不得不假力于麻醉，酒来了，诗也来了。

我数年前常常奇怪诗人们里面，吹气冒沫大言欺人、搔首弄姿自命风雅，或唱着喜歌将黄金时代预约给别人的除外，何以令有那么些个人单写自己和全人类的悲哀生涯与命运？写全人类的呢，说是基于同情，大有心所谓危、不敢不告之势，然而暴私讦短，即非卑劣，亦近残忍。

写自己的呢，倘是要求他人之同情，则何异于乞丐将自己残废的肢体或畸形和生疮的部分裸露出来，去要求老爷太太之施舍？倘人家不给，要算人家的不仁不义不慈善，则心迹既近要挟，手段亦殊恶劣。倘说裸露出来，只为了给自己看，则欣赏自己之不幸，其心理抑又何其变态耶？现在我才看出这就犹之乎牺牲了有用的天产的好食物去酿成了酒，再深深地、尽量地喝以麻醉了自己，暂时忘却了不幸。那第一个先作诗的人，算是发现了葡萄的人吧。我于是又疑惑古人造酒，必是自制自饮，或出以饷

① 即decadent（颓废的）。

知交。所以古人饮酒，最重家酿。酿法之坏，必起于买酒。而卖酒之风，必盛于衰世，水加上了，鸽子粪也掺入了，酒之名存而实亡。所以有一家卖好酒的铺子，我们出了高贵的价钱买来，喝了之后，要深深地感谢。否则虽名为自酿的家酒，而手法太不高明，其淡如水，其酸如醋。即使自饮时甘之如饴，而知味者入口亦不免于皱眉矣。

至于诗之害亦如酒，兹亦不复论也。

（四）书张宗子《与包严介书》后

苏东坡谓“读摩诘之诗，诗中有画；味摩诘之画，画中有诗”，张宗子《与包严介书》却说：“弟独谓诗中有画，画中有诗，因摩诘一身兼此二妙，故连合言之。若以有诗句之画作画，画不能佳；以有画意之诗为诗，诗必不妙。”宗子此言，正足以与东坡之言相发明。语意自明，不烦再为解说。若是勉强为宗子再下一注脚，下一解语，则不妨说是：诗中有画，此画仍是诗，并非诗之外别有画，所以此画也决乎画不出来；画中有诗，此诗仍是画，并非画之外别有诗，所以此诗亦决乎写不出来也。

不宁惟是。昔者杜工部写鹰写马出神入化，千载之下，我们读诗，还觉得纸上如有活鹰活马，然此正是诗，却断断乎不是画。而且又不宁惟是。昔者杜工部亦曾经（有）画鹰画马之诗矣。然此依然是诗，而不是画也。

一个画家作画时的情是怎样的呢？我于画一无所知，此刻亦无从说起。若夫诗人作诗，则是完全写他自己的内心。哪怕是写外物，也并不像洋画之写生似的，支了画板，手执画刷，抬头先看一眼自己所要画之事物，于是低头着笔再刷一下颜色。在这里该当应用陆士衡《文赋》中的话："收视返听。"曰"收"曰"返"，则此视此听，自然不是向外而是向内的了。若以此理推之，则老杜之赋鹰赋马，简直并不是活的外界的鹰与马，所写者乃内心的一种东西，说是外物的印象，就是所谓impression也者，有时也还许不成。所以者何？印象也只是有一种静止的观念，却并非作诗的动机耳。

诗自诗，画自画。此诗可画，便非佳画。此画若可写作诗，亦并不堪称为妙画。这正如古人所谓："人心之不同如其面。"即便同此五官，同此神经系统，两个人的相貌与情性，相近或有之，一样则决不也。禅宗一大师有言："似即似，是终不是。"其画与诗之谓欤！

在温室中开的花叫“唐花”，

老杜的诗非花之美，

更非唐花之美，而是松柏之美，

禁得起霜雪雨露，苦寒炎热。

朗诵了杜甫《自京赴奉先县咏怀五百字》以后写给中文系三年级同学的一封公开信

同学们：

十月二十七日，我曾为你们全班朗诵了杜甫的《自京赴奉先县咏怀五百字》，不知你们听了，有什么印象和感想。其实我倒觉得我在朗诵前的谈话或者可供同学们学习古典诗歌的参考；至于我的朗诵，则反在其次了。

但是我因为准备得不够充分，以致有些话说得不够明白，甚至于词不能达意。现在趁着四年级同学们在实习，而我没有课上的时间，写这封信，作为补充。

抒情诗主要是作者的情感的表达。不过有一点必须注意，就是：它绝不可能不表达作者的思想。抒情诗，特别是伟大的抒情诗人的作品，俱都是情感结合着思想，思想结合着情感；一句话，情感和思想水乳交融。倘不，那作品便不能成为伟大的诗篇，而那作者也不能成为伟大的诗人。然而我们又必须知道：在抒情诗里，作者的思想是透过了作者的情感而显现出来的。这样，它才可以不至于成为有韵的哲学论文；也就是说，不至于干燥无味，不至于概念化、教条气。此外，为了增加作品的动人（使人受感动）力，说服力，诗人在其抒情诗作里，还利用了他的写景、纪事的艺术手腕。而这写景和纪事又并非为了写景而写景，为了纪事而纪事。抒情诗之所以要写景和纪事，只是要使所写的景、所纪的事加强思想和情感的表达。（其实，一切不朽的散文作品也莫不如此，即是说，其中结合着情、思、景、事；只是四者的成分的轻、重、多、寡不同乎抒情诗歌而已。马克思的《资本论》，毛主席的政治和哲学论文就是显著的例；更不用说鲁迅先生的杂文了。不过我只是顺便一提而已，文章写到题外去了。）

作品的思想内容越深刻、越伟大，就越需要作者的艺术表现力。就为了这原故，一位哲学大师一定是一个语言大师，即：大作家，绝没有例外。世界上可曾有过词不达意（意，等于思想）的哲学大师吗？

但这还不是我们此刻所要提的问题。

作者的感情越深厚、越伟大，当其发而为作品（特别是抒情诗）的时候，也就越需要作者的艺术表现力。不用说，一位伟大的抒情诗人也一定是一个语言大师。这也绝没有例外。世界上可曾有过不能表达自己深厚、伟大的情感的大诗人吗？

然而问题还不在这里（因为这根本不能成为问题）。

问题在于：一个大哲人在表达他的深刻、伟大的思想的时节，和一个大诗人在表达他的深厚、伟大的情感的时节，哪一个更为艰难些？

这确乎是一个不容易解答的问题。

自古至今，还不曾有过一个既是大哲学家，又是大抒情诗人的作家（自然，这是就其最严格的意义来讲；倘若就广义地来讲，上文已说过：抒情诗人不可能不表达思想，而大思想家的散文里面也自有着诗意）。倘有，我们或者可以就他的两种不同的作品加以分析和体会，而得出一个比较合理的、近于事实的答案来。然而竟没有，这就难了。

倘若我自己既是思想家，又是诗人，即使并不伟大也罢，或者根据平时创作的经验，而得出一个比较合理的、近于事实的答案来。然而我当然绝对并不是，这就又难了。

不过我还是想本着我平素读书的一点一滴的体会，试着来解答这一问题。

答案很简单：后者难于前者。

二十八日写至此

一切思想的来源皆是客观事物的反映。一切正确的、成熟的（不用说深刻的、伟大的了）思想也是个知识问题，所以它也就属于科学问题。

正确、成熟的思想是由最初的、甚至一点的感性认识成长起来的。它可能经过漫长的岁月和曲折的途径。这最初的一点感性认识经过思想家搜集所有有关的材料，结合了生活实践，考察客观事物的运动过程及其发展规律，缜密地、全面地去思考和分析，而得到综合性的结论。

这一运动、发展以至于成长和成熟的过程当然极其复杂；而且其复杂恰与思想之深刻、之伟大成为正比例，即是说，那思想越深刻、越伟大，那过程就越复杂。

不过不管那过程是多么复杂，多么样的千头万绪，其思路之脉络却非常之清楚。可以断说，成熟了的正确思想永远源出于清楚的思路。倘若那思想的脉络有一丝毫的模糊、混沌，到综合而为结论的时候，必然导致思想的全盘错误，或有着某种程度的偏差。

毛泽东同志在其《实践论》里告诉我们："要完全地反映整个的事物，反映事物的本质，反映事物的内部规律性，就必须经过思考作用，将丰富的感觉材料加以去粗取精、去伪存真、由此及彼、由表及里的改造制作功夫。"这所谓"思考作用"，我在上文把它叫作复杂的思想过程。至于"去粗取精、去伪存真、由此及彼、由表及里的改造制作功夫"，我此刻则拟称之为思想家的手段。思想而曰"手段"，似乎欠通。但因为思想家处理思想的方法正一如事业家处理事务的手段，所以我说"思想的手段"，同学们尽可以不以辞害志。一个思想家必须具备这"去粗取精、去伪存真、由此及彼、由表及里"的手段。而且也只有如此，才能够使思想的脉络清楚，才能够得出无偏差、不错误的结论来。

写到这里，我得做个自我批评：我之不是一个思想家，正如同我之当不起一位抒情诗人，虽然我曾写过不少类似乎抒情诗的东西；所以说来说去，怕是越说越不得明白。不过我还是自信有一点做得绝对正确：那就是上文引用了毛泽东同志所说的“去粗取精、去伪存真、由此及彼、由表及里”。这是我在这里第四次引用这十六个大字了，这十六个大字不好说是儒门的“十六字心法”，可实在称得起是“十六字真言”，就“真言”这一词的字面的意义，而不是就其宗教的、传统的意义来讲。我们必须“如是说”，“如是信、如是行”。在其前、其后，其馀的我所说，就算它是“白说”了也罢。

但我还是得说下去。

那清楚的思路之脉络和这正确的思想之“手段”也只是一回子事。有了后者就不愁没有前者；正要有前者就必须先掌握住后者。

尧之时，九年大水。一般人看来，只是一片白茫茫；或者引用《尚书》的话：“荡荡怀山襄陵。”但在“神”禹“刊”、“奠”的时节，他是清楚地看出“天下”之水的来龙去脉的。水自水，山自山。而“神”禹却随顺着山势而疏导了水路：夫然后，才能使“水由地中行”。这是何等的“去粗取精、去伪存真、由此及彼、由表及里”的思路和手段（我在这里是第五次引用了毛泽东同志那十六个大字了）！一位思想家也正是如此。

思想的成长及其成熟，其根源也就在于此。

“神”禹治水，受尽了辛苦，遭遇了不少艰难，难道一位思想家在其思想过程中，不也正是如此吗？

我之所以费尽了笨力气，说不清也试着去说思想过程和思想方法（这一点，我倒放心，因为有毛泽东同志的文章在），总之在于要说：思想家虽然不无辛苦，不无困难，但过程如彼，方法如此，来龙去脉，有条不紊，则在表现而为语言、文字的时节，由浅及深，自卑登高，由简单而趋于复杂，再由复杂而化为单纯：似乎还不至于太困难（自然，相当的困难也不可能绝对没有，譬如使用语言、文字的技巧）。

三十日

三十一日以事未续写

情感也是客观存在的反映。它是感性认识这一阶段的产物。而感性认识又是理性认识（即思想的）木之本、水之源（毛泽东同志《实践论》），就为了这原故，深厚的、伟大的情感就往往孕育着深刻的、伟大的思想。

深厚的、伟大的情感同时也是正当的、真挚的（在某一历史阶段和某一阶级的条件之下）情感。但我们必须把前者同后者区分开；因为并不是所有一切正当的、真挚的情感都是深厚的、伟大的。

我们试一分析伟大抒情诗人的诗篇，在剥去其情感的外衣之后，就往往发现其深刻、伟大的思想的核心。而且这思想之伟大正与情感之伟大成为正比例。换言之，即是：伟大的感情一定含有伟大思想的成分；即是：没有伟大思想的成分就不能成其为伟大的情感；甚至于可以说：没有了伟大的思想成分，也就没有了伟大的情感。

（伟大的抒情诗篇《离骚》就是最显著的例证。）

深厚的、伟大的感情在其最初，也只是一点。其所以终成为深厚、伟大，也自有其运动、发展的过程：这也要经过漫长的岁月，甚或曲折的路径，尤其是要结合着丰富的生活经验和体会。庄子说：“水之积也不厚，则其负大舟也无力。”情感之所以深厚而伟大，也正为它“积”得“厚”。最初的一点情感，一触即发，不拘用了何种形式，总是如昙花之一现，胰子泡之腾空，纵然一时之间，光辉灿烂，但为时不久，便归幻灭，绝到不了深厚、伟大的境地。

同学们都知道“雪崩”这一名词。在海拔几千公尺的高山顶上，有一块雪团突然崩落下来，这在当初原本是小小的一块。但当其辗转下坠，沿途没有一刻停留，随时也就没有一刻不黏附了沿途的积雪而增大了体积。就这样，经过了一个相当的时期，经过了几千公尺的高度，待到它降及平地的时节，它就成为具有雷霆万钧之力的“庞然大物”，这时山下所有首当其冲的城镇、村落、人畜、庐舍便都被它全部掩埋，甚至整个儿摧毁了。

深厚、伟大的情感在其发生以至形成的过程中，恰恰有类乎此。

我在上文说情感孕育着思想，但它毕竟不是思想（纵然可以上升为思想）。它和思想有着根本的区别。

它纵使并非“混然一气”，而且决非“漆黑一团”，但它总是属于综合性的，不像思想之那么具有条理。

（我只是说情感不像思想之那么具有条理，并不是说情感没有条理。情感也自有它的来龙去脉，而且有条不紊。不过古来的伟大抒情诗人往往行乎其所不得不行，止乎其所不得不止，几乎是自发而不是自觉：这就更使人乍一见，觉得他的情感不那么具有条理了。）

正如同大思想家在其著作中表现其深刻、伟大的思想，大诗人也在其抒情诗篇中表现其深厚、伟大的情感。但大诗人却不能像大思想家之分析其思想似的去分析他的情感。他甚或不能像大思想家之认识其思想似的去认识他的情感。大诗人的情感越深厚、越伟大，则其分析它、认识它，也就愈发不容易。他只是感觉到它无一时、无一刻不在鼓舞着他。

因此，我说，一位诗人在其诗篇中表现其深厚、伟大的情感难于一位思想家在其作品中表现其深刻、伟大的思想。

十一月一、二日写

现在，我来试着做个小结：

思想属于“已知”，所以说来“左右逢源”，头头是道。情感有时属于“未知”（因为它还没从感性认识上升为理性认识）；即使知，也免不得知其然而不知其所以然。世间绝没有写不出来的知（写不出，只是不知），却确乎有说不出来的情。作家有时说：“非笔墨所能形容。”这虽然近似乎否定了自己的创作才力，否认了文字的表现功能，但我们却未尝不可以原谅他的苦衷。一个人在情感激动的时节，就往往语无伦次。大诗人当然不至于此。然而驾驭情感、驱使语言，在大诗人也并不是没有麻烦。抒情诗人要写他的情感，大约须在心境较为平静之后，才能分析情感的来源，认识情感的过程，而作成诗篇。这就不仅只属于感情问题，而兼属于知识问题了。这就是鲁迅先生之所以说：“陶渊明作乞食诗的时节，大概醺然有点酒意了。”

在西洋，有一句成语：“接着吻的口不能唱歌。”也就是这个道理。屈原是我们大家公认的伟大的抒情诗人，而《离骚》是我们大家熟读的伟大的抒情诗篇。在未写《离骚》之先，屈原固已长时期地目睹其祖国政治之腐败，官僚之昏庸，与夫国运之日薄西山，民生之水深火热，而又莫可如何，他的情感炽热得心血都沸腾起来了。在他写《离骚》的时节，他的情感仍然是炽热的，他的心血也继续在沸腾，所以写出来的词句，不但内容洋溢着热情，其文字也就往复回环，有时且近于重沓、烦絮。重复是修辞学的大忌。中外古今的作家无不竭力避免。只有屈原的《离骚》是个例外。重复在别的作家是缺点，在屈原，它却成了优点。譬如重山叠水之往还回互，又譬如天际层云之舒卷堆积，能使得游者、观者之情思亦随之而转移、而起落。这不专因为屈原的文学天才特富，写作技巧特高，还是我们常说的那句话：内容决定形式。别的作家在写作时的重复是因为内容贫乏。屈原的《离骚》的重复则是由于内容的丰富，也就是庄子所说的“积也厚”。

自然，也由于作者有着丰富的生活经验和丰富的字汇、语汇，这就使得他在辞意重复的时候，仍然具有不同的表现方法；这也就使得我们读者只觉其语气之加重，重点之突出，而并不觉得如别的作家的重复之可厌：因为作者的情感不但不是一句两句说得出，而且还不是一遍两遍所能表现得尽的。这样的作品不只是字缝里有字，而且字背后有字。（于此，历来古典文学批评所用的术语如“弦外之音”“下笔镇纸”等等都用不上。必不得已，“力透纸背”庶几乎近之。）这丰富的内容也就是“积也厚”的情感，未始不是作者的生活上痛苦（当然，我这是就旧的不合理的社会里有正义感而受着压迫的人们而说的），同时在写作上也使得他有困难。

三日未写，四日写至此

以上为一节，说作品何以字背后有字。

下节就杜甫的《自京赴奉先县咏怀五百字》略作分析。

杜甫的《自京赴奉先县咏怀五百字》是一首抒情诗，而且是一首伟大的抒情诗。其所以是抒情诗，因为古人所谓“咏怀”，恰相当于现在我们所谓“抒情”。其所以是伟大，则因为内容洋溢着深厚、伟大的情感。

老杜的这首诗写于唐玄宗天宝十四年（公元七五五），是在安禄山叛变的前夕；其明年，“渔阳鼙鼓动地来，惊破霓裳羽衣舞”，玄宗便出奔西蜀了。冯至《杜甫传》说：“这正是唐朝成立以来统治集团的奢侈生活与人民所受的剥削痛苦都达到前此未有的时刻”；“但他（老杜）当时并不知道，安禄山已经起兵范阳，而唐代的社会从此便结束了它的盛世，迈入了坎坷多难的时期”。这具体地说明了这首诗产生的时代背景。

所有抒情诗的核心内容毫无例外地是诗人主观地抒写自己的情感。但人的情感不能无因而生；它有着产生它的客观存在；情感也是客观事物之反映。但普通的抒情诗人所抒写的情感常常是“悲欢不出于一己；忧乐无关乎天下”。大诗人则不然。大诗人不但是人民的儿子，而且是人民的喉舌：他的自我作为“个体”是血肉般密切地联系着，不，混合在全人民的“整体”之中的。他在其诗篇里所抒的情是全人民要说而说不出来，要说而说不清楚的情。就因此，他所抒写的悲欢、忧乐也正是全人民的悲欢、忧乐。总而言之，一句话，他表白了他自己，同时，也就表白了全人民。

屈原的《离骚》是这样的作品。老杜的“咏怀五百字”也是这样的作品。（用不着说，凡是伟大的抒情诗篇都是这样的作品。）

不必怀疑，老杜绝对读过《离骚》，而且还是熟读和精读（他自己说过“熟精文选理”，而《文选》里面就有《离骚》）。他也不能不受屈原的影响。“咏怀五百字”之中，特别是在前十六韵（一百六十字），即从开端至“放歌破愁绝”一段里，就有几处（我只是说：有几处）很近似乎《离骚》。为了让同学们便于参考，列表如下：

咏怀	**离骚**
许身一何愚， 自比稷与契？	汤禹俨而求合兮， 挚、咎繇而能调。
穷年忧黎元， 叹息肠内热。	长太息以掩涕兮， 哀民生之多艰。
生逢尧舜君， 不忍便永诀。	余固知謇謇之为患兮， 忍而不能舍也；指九 天以为正兮，夫惟灵 修之故也。

顾惟蝼蚁辈，
但自求其穴。

众皆竞进以贪婪兮，
凭不厌乎求索。

以兹误生理，
独耻事干谒；
兀兀遂至今，
忍为尘埃没。

宁溘死以流亡兮，
余不忍为此态也。

杜甫绝不是模仿屈原。我们的先贤在两千馀年以前，就曾说过：“勿抄袭；勿雷同。”既是创作，便不能有一丝毫模仿的痕迹，何况又是大作家如老杜其人。但“咏怀”和《离骚》却有些地方如此之近似，这只能说是“巧合”；而这“巧合”并非偶然性的，而是必然性的。我在上文说过：在未写《离骚》之先，屈原固已长时期地目睹其祖国的政治之腐败、官僚之昏庸、与夫国运之日薄西山、民生之水深火热，而又莫可如何，他的情感炽烈得心血都沸腾起来了。在他写《离骚》的时节，他的情感仍然是炽热的，他的心血也继续在沸腾。难道杜甫在写“咏怀”之先、之时，不也正是如此吗？客观的环境相同，主观的情感相同，则其写作时之驱使文字有些地方近似，即便说是巧合吧，也自有着必然性的。

老杜之写“咏怀”和屈原之写《离骚》，不但客观的环境相同，主观的情感相同，而且创作动机和主题思想也相同。屈原在

《离骚》里面说："岂余身之惮殃兮，恐皇舆之败绩。"老杜的"咏怀"也正是如此。有了这一相同，就更使得《离骚》和"咏怀"，面貌各异，精神相通。（附带说几句：中国历代抒情诗人下笔便是"叹老悲穷"。有的文学批评家发现了这一点，于是追本穷源，就把"始作俑者"的罪名加在屈原或老杜的身上，这真是冤哉枉也。不错，屈原和老杜在其作品里，确曾叹过老、悲过穷。然而他们的叹老悲穷，却处处联系着被压迫、被剥削的人民大众，而不是专为了"小我"：这就不能和二三流的抒情诗人相提并论。谁若是只看见他们叹老悲穷，而看不见他们联系着人民大众，谁就是个近视眼；从此出发而做出的批评也就成了"一面之词"。）

然而"咏怀"与《离骚》毕竟有着根本的不同：如果说后者富有幻想的色彩和气氛，前者则是纯粹的古典现实主义作品。关于这，下文将随时予以说明。

七日写

"咏怀五百字"可分为三段。自开端至"放歌破愁绝"为第一段：作者叙述自天宝五年（公元七四六）至天宝十四年（公元七五五）这十年中客居长安的抱负和遭遇，也就是追述动身赴奉先县以前的生活状况。自"岁暮百草零"至"惆怅难再述"为第二段：叙述自长安启程的情形以及路过骊山的见闻和感触。自

“北辕就泾渭”至末尾为第三段：叙述旅程的艰苦以及到家后的悲痛。显而易见，这一首五百字的长诗是结合着情、景、事物以及思想而写成的。

一首五百字的长诗就这么简单吗？是的，就这么简单；但又不这么简单。

若是二三流作家在这样的遭遇、这样的辛苦旅程、这样的悲痛的家庭环境之下，或者也大有可能写出一篇动人的诗歌来。但他写来写去，其结果一定写得集天下最大之不幸于自我一人之身：这样，即使他能写成一篇真挚的、使人同情的作品，却决不能写成一篇伟大的、不朽的作品。

当然，在这样的境况里，老杜也不能说自己是幸福的。我们也不能要求他具有革命的乐观主义精神。他在生活上的失败和不得志，就从他客居长安时算起吧，到他写诗时，也有十来个年头儿了。这抑郁、悲愤的情感“积”得不可谓之不“厚”。有了预先存在的这一因素，再加之以当前的经历和见闻，就点燃着了“千子鞭”夹杂着“双响”“雷子”，甚至于“流星”“起火”，噼啪、乒乓、砰訇地爆发了、震响了似的发而为诗。

但在当时的历史条件之下，这爆发、这震响总是受着外界的压迫和内心的抑制而不能尽情地、痛快淋漓地爆而且响。不错，这个“千子鞭”确是爆了、响了。但听来总觉得有如浓厚的层云之外的沉雷，纵使是像《诗经》所说的“殷其雷”，虽然未尝不轰轰然、隆隆然，但终究是闷雷，而不是焦雷。老杜自己也感觉到了这一点，所以他在中篇叹息着说："惆怅难再述"；而在篇末又大书了："忧端齐终南，澒洞不可掇。"（澒洞与混沌、鹘突、糊涂、荒唐诸词音义俱相近。）

可以说，"咏怀"与《离骚》一样是字背后有字的作品。

但在同是字背后有字这一点上，"咏怀"也不同乎《离骚》。

我在上文用了重山叠水和层云堆积来形容《离骚》之字背后有字，方才则用了闷雷来说明"咏怀"之字背后有字。不知同学们听了，可有同感。不过即使同感，我还是不曾真正解决了这一问题。因为这只是就两篇的风格来讲，纵然讲得或者不差，也只是讲出个"其然"，而不曾讲出"其所以然"。

《离骚》之所以如彼，"咏怀"之所以如此，有着两种原因：

屈原的时代（历史阶段）不同乎老杜，虽然两人都生活在阶级社会里面。屈原时，君权还不曾发展到极权的程度，所以他用以表达情感的语言的限度就较之老杜为宽一些、大一些。自来注释《楚辞》的人都把"灵修"一词当作君王的代称。但屈原还可以说："伤灵修之教化"；"怨灵修之浩荡兮，终不察夫民心"。其尤为明显的则是："哲王又不寤"。至于他攻击当时当权的官僚们的词句，如："众女嫉余之娥眉兮，谣诼谓余以善淫"；"众皆竞进以贪婪兮，凭不厌乎求索；羌内恕己以量人兮，各兴心而嫉妒"（例繁，不备举）：就更为不客气。

九日写

杜甫就不然。

杜甫生晚于屈原者将近千年。而且自秦迄唐，封建政治制度已经有八九百年之久，君权业已发展到了极权的程度。“积习”之下，再加之以作者自身的阶级局限，他的表达情感的限度就较之屈原为狭一些、小一些。天宝时代的“明皇”实已成为“昏君”，而老杜一则曰“尧舜君”，再则曰“圣人”。杨国忠祸国殃民，有哪一些能比得汉代的卫青、霍去病？而老杜却说：“况闻内金盘，尽在卫、霍室。”明皇全不以国事为念，而老杜却说：“圣人筐篚恩，实欲邦国活。”当时在朝廷的尽是一班“群小”，而老杜却说：“多士盈朝廷，仁者宜战栗。”当然，这些都可以理解为讽刺，不便说是诗人的曲笔。我也不必说暴君治下臣民的冷嘲是言论不自由的一种病态现象；我也不必说冷嘲是奴隶的语言。但是无论如何，冷嘲总不如热骂之来得痛快，来得淋漓尽致。就为了这原故，所以老杜在写出了“鞭挞其夫家，聚敛供城阙”和“朱门酒肉臭，路有冻死骨”这样惊心动魄的诗句之后，还慨叹于“惆怅难再述”。这“惆怅”，这“难再述”，就说明了老杜于上举的那四句之外，尚有千言万语、千头万绪，更甚于那四句者，还没有说出来、写出来。他不曾说出来、写出来，不是因为他才短，或者偷懒，而是那时代，即历史的客观条件所造成的。

“咏怀”之不同乎《离骚》，此其一。

再就是创作方法的问题。

屈原的《离骚》，上文说过，富于幻想的色彩（或可直称之为：浪漫的色彩）。老杜的“咏怀”，上文也说过，则是古典现实主义的作品。幻想可以使作者上天下地，驰骋自由。而现实主义，特别是古典现实主义，就往往使作者为客观存在，尤其是封建政治社会制度下的不合理的客观存在所拘束，而不能畅所欲言。这就又使得“咏怀”不同乎《离骚》。

有了这两种不同，我就说“咏怀”和《离骚》是面目各异。

但这面目各异却又不妨害其精神相通。

我曾举出《离骚》里的“岂余身之惮殃兮，恐皇舆之败绩”，断说“咏怀”和《离骚》之精神通。此刻我想再举出“咏怀”里的“实欲邦国活”，说这正与《离骚》之“恐皇舆之败绩”相当。这个“实欲邦国活”在“咏怀五百字”里，老杜虽然奉送给唐明皇，实则这并非明皇的意图，而是作者自己的愿望。为了“实欲邦国活”，所以老杜不但“自比稷与契”，而且“穷年忧黎元”；为了“实欲邦国活”，所以老杜想到了“彤庭所分帛，本自寒女出”，而且警告：“多士盈朝廷，仁者宜战栗”；又绝叫出：“朱门酒肉臭，路有冻死骨”。（这样，邦国就不能活了！）也就为了“实欲邦国活”，所以大诗人于家室饥寒、幼子夭折之际，仍然“默思失业徒，因念远戍卒”。这是悲欢“超”出乎一己，忧乐“有”关于天下的抒情诗。“咏怀五百字”之所以成为伟大的诗篇者，以此。

且又不仅于此而已。

大批的人民失业，大队的士卒远征，必然导致整个社会和整个国家的崩溃（古今中外，同此理，同此例）。诗人由于自身的不幸而想到了“失业徒”和“远戍卒”，这不但是伟大的人道主义，而且是伟大的政治思想。就算老杜那时只是感性认识也罢，但这是何等了不起的感性认识啊！

（说“咏怀五百字”是抒情诗，只是为了方便。这一首长诗实不止于抒情而已。老杜不曾作过史诗；但他的诗作历来就有“诗史”之称。“诗史”！这再恰当也没有了。因为老杜的许多诗都是一面、一面的镜子，反映出当时唐代政治、社会的腐败、崩溃的真正原因及其真实情况。）

十四日写

现在，我再来试着做个小结：

一篇作品是一个整体，它完整得有如一件完美的艺术品。这整体又是由若干个体组成：积字成句，积句成章（段），积章成篇。字与字、句与句、章与章密切地联系着，成为一连串的链索在运动着，在发展着：由低级到高级，由简单到复杂。在发展的阶段上，也自有其重要的环节。

我曾说，老杜的“咏怀五百字”可分为三节（也就是章）。

在第一节里，重要环节是："穷年忧黎元"；第二节，是"彤庭所分帛，本自寒女出"和"朱门酒肉臭，路有冻死骨"；第三节，则是"默思失业徒，因念远戍卒"。

由第一环节的抽象概念出发，进而为第二环节的具体描写；再由第二环节的记述京师之所见闻进而为第三环节的对于全国的关怀：也是在运动、在发展着的。这就表现出大诗人的伟大的情感。同时，这伟大的情感之中，也就孕育着伟大的思想；因之，而写成了伟大的诗篇。但我们也要注意到作者的伟大的艺术手腕。艺术手腕而说是伟大，就算它是我的夸张吧。但我以为在诗歌中，作者必须具有伟大的艺术手腕，才能完美地表现出他的伟大的情感和思想来。

一篇之中，章无剩句，句无剩字，自不必说；选词造句，加工之后，复归于自然（也就是从群众中来，到群众中去），也不必说。我此刻要同学们注意的是：一个大诗人在写作时，除了留心于字的意义、字的形象之外，尤其留心于字的声音。他不但善于利用字义、字形来表现，而且还利用字音来表现他的情感和思想。

苏联的教育家兼作家马卡连柯说："如果一个人记不得我们的优秀的诗人，听不出语言的音调和其中交错的旋律，他就不能成为一个很好的散文作家。"（《和初学写作者的谈话》）散文且然，而况于诗？

杜甫这一首“咏怀五百字”之中，可以说是没有一字一句不是沉郁，不是有力量，不是轰轰然、隆隆然（在那些警句中，尤其突出）。这样，他就成功地表现出他的“积也厚”而又说也说不完、说也说不出的伟大的思想和情感来。这样，他就写出了既同乎《离骚》而又不同乎《离骚》的、字背后有字的不朽的诗篇来。

十五日写

以上为一节，略析说杜甫的《自京赴奉先县咏怀五百字》。

下节试说怎样朗诵作品。

作品朗诵的基础建筑在对于作品的了解和体会上。不可能想象：对于作品没有彻底的了解和甚深的体会，而能有成功的朗诵。

了解又是体会的基础。没有了解，就谈不到体会。不可能想象：根本不晓得一篇作品的思想性及其艺术性，而能体会它的精神。

于此，必须解释一下“体会”这一名词的涵义。

晓得一篇作品的思想性及其艺术性，这是了解。在熟读深思之后，作品的思想性及其艺术性不独属于作者，而融化在我们读者的思想和情感里，觉得作者在其作品里所写的、所说的一切都是读者所要写而写不出，所要说而说不好的：到了这时候，我们才可以说做到了甚深的体会；同时，也就达到了彻底了解的程度。

据说谭鑫培（叫天）当年曾说过："我演空城计，就是诸葛亮；演卖马，就是秦琼。"这就是说，叫天对于剧本的内容和剧中的人物性格有着彻底的了解和甚深的体会，所以在演出时，并不是叫天在扮戏，而是诸葛亮和秦琼出现在台上而言语、行动，而喜、怒、哀、乐。这是叫天成为名震一时的演员的成功秘诀（其实也就是正确的方法）。叫天那么说，是老实话，而不是"故神其说"。

苏联的史楚金以扮演列宁而名闻世界。他曾写过一篇我怎样扮演布雷乔夫。布雷乔夫是高尔基的剧作《耶果尔·布雷乔夫及其他》里的主角。史楚金在这篇文章里，自述他在扮演布雷乔夫之先，如何的"想为自己的角色找寻大量的色彩、大量的素材"；如何的"积累更多的素材，……能理解和捉摸到布雷乔夫的性格和形象作为活生生的人的特征"：我在这里都无复述之必要。我只说：这就是史楚金事先要对布雷乔夫有彻底的了解。史楚金经过了一番辛勤的劳动之后，他在文章里说："在一个夜晚，我觉得我所拟定的、所感觉到的、个别地获得的、并试图加以发挥的许多特征，突然在我身上结合了起来。我觉得，就是那时节，我真正开始用活的布雷乔夫的语言说话了，开始用布雷乔夫眼光看周围的一切，用他的头脑来思考了。这与肉包子熟了，面团变成面包时的那一不可捉摸的瞬间是很相像的。”这说得非常好，因为他说出体会到了“瓜熟蒂落，水到渠成”的境界来。

不要说谭叫天和史楚金都是演员，所以才那么说。一个教师也是一个演员。教师是演员，这不是我说的，而是苏联的教育家兼作家马卡连柯说的。

马卡连柯说，一个教师是一个演员，要会用十五种不同的声调来说“到这儿来”这么一句短语。我想教别的学科的教师也许不必一定如此；若是语文教师，则必须如此。

一个演员对剧本的内容和主题，对于剧中的人物性格一定要先有彻底的了解和甚深的体会，然后才能使自己所扮演的人物形象活灵活现地出现在舞台上，并且使观众以为不是演员在表演那一个人物，而是那一个人物在那里生活着。

一个教师对于作品的思想性和艺术性，以及作品中的人物性格也一定要先有彻底的了解和甚深的体会，然后在讲解时，才能将作者的情感和思想，以及作品中的人物形象传达给听众，使他们如闻其声、如见其人：这岂不是同演员一样？

然而一个教师毕竟不是一个演员。

演员在表演时不只使用语言。他还有动作。若是古典歌剧，他还利用唱歌和舞蹈来显现剧中人物的外表、内心活动。此外，又有布景和音乐。而且一出戏很少是独角演唱，主角可以有配角，帮衬之下，相得益彰。如此等等，都给演员以便利。

一个教师就不成。

他没有以上说的那些便利。

首先，他演的是一出“独角戏”，有时还要表演两个以上的人物。

其次，要表达作者的思想、情感，以及作品中人物性格等等，一个教师所使用的工具只有语言，普普通通的语言，不是唱歌，更谈不到音乐。自然，除语言之外，他可以借助于动作，如手势、眼神、面部的表情以及身上的姿态等等，以补语言之所不及，或增加语言的力量。然而其限度却比演员小得多，小到百分之一，甚至千分之一；略一过火，便成了笑话。（例如：歌剧演员演到剧中人物“痛哭流涕”或“放声大笑”的情节，他可以哭，可以笑。教师就不行。倘若他讲到作品中“痛哭流涕”或“放声大笑”的地方，真的痛哭或大笑起来，那只有大糟而特糟，不可能有第二种结果。）

教师较之演员为占便宜的例也有一件：讲解。但讲解假如只是枯燥的、呆板的、教条式的说明，那就没有感染力；因之，也就没有说服力。在讲文学课时，尤其是如此。

演员有舞台艺术。教师也有讲台艺术。二者有其相通之点，而这相通却又绝非等同。

后者更难于前者；至少，半斤八两，后者决不易于前者。

我不是向同学们讲文学教学法，还是赶快谈谈朗诵吧。

说到朗诵，它可是更难于讲解。因为讲解时所用的说明、分析等等都使不上了，只剩下了语言，特别是语调。手势、眼神、表情和姿态当然可以利用；但其限度较之讲解更其小，不用说演戏了。

朗诵者的工具（也就是武器）只有语调：我说的是语调的高低、强弱、长短、粗细。在这一点上，朗诵和歌唱有其相通、而不是等同的处所。朗诵者就使用高低、强弱、长短、粗细的语调这一工具来传达、来表现作者的情感和思想以及作品中所有的人物形象和性格。

要完美无缺地使用这一工具或武器而极度地发挥出它的功能，不用说，事先必须对于所朗诵的作品下一番彻底了解和甚深体会的功夫。而为了了解和体会，朗诵者最好先具有文学的修养和科学的知识，特别是逻辑学、文法学、修辞学、语言学诸学科的知识。

有了了解和体会，有了文学的修养和科学的知识，也不见得就能朗诵到尽美尽善的地步。朗诵者还必须掌握运用语调的技术——说是艺术，怕要更恰当些。

这技术，即艺术，最重要的有三项：

其一，念字；

其二，重音；

其三，运气。

所谓念字，是说朗诵时不要一个字一口呼出，而要如明代唱曲家似的念出它的头、腹、尾来。譬如“念”这个字，要清晰地、接连地读出n、i、an三个音。自然，中国字并不是每一个都具备声母、介母和韵母。有的只有声母和韵母；有的则只有韵母。但在朗诵时，即使遇到后两种类型的字，也要念出它的头、腹、尾来。普通话以北京音为基础，特别需要口齿有力，每个字在发音时，都要首先叼住它，然后噙住它，最后才将它喷出去。如其不然，一个字一口呼出，纵使是大声疾呼，听者也只是听得这个字的韵母嗡嗡作响，而不能清楚地听出是个什么字来。

所谓重音，是说一句之中，在朗诵时，有一个字或几个字念得特别响亮而有力，高出乎其他诸字之上。这不是可以随便乱来的；要依着这一句的内容涵义而定。鲁迅先生在一篇文章里曾说：为了怕得罪人而老说“我爱你”也不成；因为这可以被了解为只许我爱你而不许别人爱你，或我只爱你而不爱别人。的确，这三个字组成的一句简单的话可以兼有此两种涵义，特别要看重音放在哪一个字上。譬如放在“我”字上，是前义；放在“你”字上，是后义。但假如放在“爱”字上，还可以有第三义：那就是我只是爱你而不见得恭敬你或信服你等等。凡是句中重音读出的字，特别要叼、噙、喷的功夫，念出它的头、腹、尾来。

所谓运气——怕我也说不明白，因为我只是在朗诵时，感到有些需要，而这一感性认识此刻还不曾上升到理性认识的阶段。现在姑且试说。上文说过，一篇好作品是一个完美的整体：这就要求朗诵者需要如瓶泄水，从头至尾，一气读完。然而一篇作品不是一句话，生理的限制，一个人一口气读完它是不可能的，势须换气（喘息）。上文也说过，一篇作品之为整体，乃由若干个体——字、句、章三者集合而成。其间自然不无停顿、休止之处：这正是朗诵者换气、喘息的地方。但又不要忘记一篇之中，字与字、句与句、章与章之间，虽其停顿、休止之处，换气了，喘息了，而那语调的气势也须上下、前后相关联：使听众听来，依然是一气呵成。换言之，即换气处不可成为俗说的“大喘气”，或者“断了气”。

三十日写

以上我说得也许不够明白，我的能力限制我只能说到这个程度。不过我还得说下去。

没有平铺直叙的好作品。作者以及作品中人物的思想和情感有高潮，也有低潮，正如岗岭之有起伏，水流之有缓急。因此，朗诵者必须与之相消息、相呼应，随之而起伏、而缓急。这消息、这呼应在读书时，成为体会；在朗诵时，则成为语调。也就为此，读者、朗诵者决不能、也不应该不受作者及其作品的感染、甚至蛊惑。我说是蛊惑，绝不是坏意思。这蛊惑表现在感受者方面为倾倒、为信服；表现在作者及其作品方面，则为说服力、魅人力。

说是受感染、受蛊惑，那么，读者和朗诵者（包括作为讲解者的教师）就都是站在被动者的地位吗？那却又不必尽然。在对一篇作品的感性认识还没有上升为理性认识的时节，读者确是被动的：他的情感和思想依随着作者及其作品内容而变动着。待到有了彻底了解和甚深体会的时节，也就是到了理性认识的阶段，他就能主动地掌握作者及其作品内容的情感、思想的运动、发展的规律，而去讲解那作品、朗诵那作品了。朗诵是以了解、体会为基础的：这就根本具有主动性。而且朗诵者在朗诵时，必须是主动的，就仿佛作者亲口读自己的作品似的，甚至可以说，如同说自己的话似的。

在这一点上，朗诵者等同了演员。谭叫天在未演《空城计》《卖马》之前，他一定先是被诸葛亮、秦琼的情感、思想感染了；及至于排演成熟，登台之后，叫天就不是叫天，而是诸葛亮、秦琼：这就成为主动的了。史楚金之为布雷乔夫亦然。

十二月一日写

复次，有了了解和体会作为基础，善能运用念字、重音的技术，朗诵也不见得能到十全十美的地步。朗诵还要具有热情。有了热情，虽不必如舞台演员之真哭、真笑，而朗诵者却能将先前从作品中受到的感染、蛊惑传达给听众，使其同受此感染，同受此蛊惑；使听众的思想和情感跟随着朗诵的语调，而与作品内容相消息、相呼应，随之而起伏、而缓急。

是的，朗诵必须具备热情。

然而这热情又须加以控制，不能让它成为兴奋、紧张。兴奋，特别是紧张往往使人丧失了理智，失掉了主动性，因之而不能正确地掌握客观事物的发展规律，其结果就把事物处理得一团糟。热情是一匹骏马，它可以“奔逸绝尘”；但又是一匹“劣”马，有时不但蹦、蹿、踢、咬，使骑者跌落、损伤，而且信足奔驰，逸出正途。马的驾驭，正如热情的控制，不是限制它，而是纳入正规，尽量发挥它的能力。这热情的控制，我也名之为运气：很近乎俗语所说“沉住气”，但“沉”字未免近于消极，所以我不用“沉”而用“运”。

如果我把朗诵时的喘息叫作“运气”是属于生理作用，则上文我把热情的控制也叫作“运气”是属于心理作用，或精神作用。

朗诵要有主动性，要有热情，而且要能控制热情：这些而统名之为“运气”，或者不甚妥当；但我想不出一个更好的名词来，现在就姑且仍名之为“运气”。

再来一个小结。

朗诵者于朗诵之先，对于所要朗诵的作品熟读深思，达到了彻底了解和甚深体会：这是第一步功夫。善能运用技术将作品的内容念出来，使听众受感染、受益惑：这是第二步功夫。

必须记住：作品是客观存在。

如果讲书是用了说明和分析来表达这一客观存在在我们脑中的反映，朗诵则用语调。所有念字、重音和运气都必须严密地符合于作品的内容：这也就是存在决定意识。

必须辩证地、灵活地运用念字、重音、运气这三种技术，而不能是机械的、公式的。

二日至三日写

以上为一节，略说怎样朗诵作品。

下节略说我在朗诵杜甫的“咏怀”诗时所遭遇的困难，便做结束。

旧时学塾的学生最重视朗诵，那是为了背诵和记忆。旧时代的文人最爱朗诵，那是为了“玩味”名作的风格，或者熟习名作家的笔调以便于自己写作时的仿效。

总之，他们都是为了学习。

现在我们朗诵则是对了听众，用语调来表达作品内容及其艺术特点。

因此我在朗诵杜甫的“咏怀五百字”时，首先遭遇了三种困难：

其一，诗歌朗诵，七言较易于五言，杂言较易于五言和七言。因为一句之中，字数较多，则音节较繁，且长短句尤富于变化。而“咏怀”则是一首五古，自首至尾，五字一句，朗诵起来不免平板。

其二，假如这首诗是用现代汉语写成，而所写的又是现代社会现象，朗诵起来也许容易得多。而老杜所用的可是古汉语，所写的又是唐朝的事情。

其三，诗歌有韵，这本是朗诵上的一种便利。老杜这首诗押的是入声韵。我是河北人，嘴里根本没有入声，即使勉强读出，终不自然。照着说普通话的发音朗诵，则有些句子的韵脚听去就不能互叶。

但这三者还不成其为主要的困难。

我把“咏怀”体会为字背后有字的诗作。

同时，我又把朗诵认为是只用了语调来表达作品内容及其艺术特点的。

这在我的朗诵，是一个对立的矛盾，也就造成我在朗诵上的主要困难。

诗作里的字背后的字只有用了讲解，即分析和说明，才可以表达得出。朗诵只能依着原文读下去，一个字也不能有所增减。我又并不像马卡连柯所说，能使用“十五种”不同的声调。纸面上的字有时尚且念不好，字背后的如何能表达得出来？

因此，我想，假如这首诗谱成了一支歌，由一个有修养的天才歌手去唱，再加之以音乐的伴奏，绝对可以把那些字背后的字唱出来，使听众听出来。但歌唱能办到的事，朗诵有时简直无能为力。现在是朗诵，不是唱歌。“咏怀”是一首诗，不是一支歌；何况我又并非一个歌手，即使它是一支歌，我也不会唱。因此，我又想，也漫说我体会不出这首诗的字背后的字，即使体会得彻头彻尾，丝毫不差，我也不能用了语调将我所体会的完全表达出来。

这是个矛盾。

同时，这也就是我朗诵这首诗所遭遇的最大的困难。

我感到，这矛盾，我没法使之统一，而这困难，我也无力克服。

但事先我已经答应了同学去朗诵这首诗了，所以到时我也只有硬着头皮出席、上台。老实说，我是预感到我的失败，即抱了失败主义去朗诵的。当然这并不意味着我就潦草塞责，敷衍了事。我在朗诵时，是尚心尚意地运用我所能运用的语调想念出我对“咏怀五百字”的体会，即这首诗的字背后的字来的。倘若同学们听了，当时觉得有点儿意思，至今还有点儿印象的话，这也不能算在我的账上，而应当归功于同学们之预先对这首杰作有着一定程度的了解和体会。

陆机说得好：“落叶因风而陨，而风之力盖寡；孟尝遭雍门以泣，而琴之感以末。何者？欲陨之叶，无所假烈风；将坠之涕，不足烦哀响也。”

现在可真到了做总结的时候了。

朗诵在学习上，特别是语文学习上，的确是一道要紧的功夫。旧时学童及文人的朗诵习惯倒也未可厚非，虽然也不可完全效法。

在我书斋窗外的小树林里，常常有俄语系的同学捧了课本，念出声来。我想这是对的。朗诵可以帮助记忆、了解和运用语言。

我以为我们中文系同学们在学习古汉语和古典文学时，也应该养成朗诵的习惯；而且我相信有些同学已经养成了。

古语说："书读百遍，其义自见（现）。"这句话说得很好，不过需要辩证地去了解它。

有口无心，滑口读过，这样，即使千遍万遍，"其义"也不会"自见"。

朗诵可以帮助了解。但其基础仍然建筑在了解上。即是说，朗诵之先，对于一篇作品的字句已经搞通了。倘不，即使背诵得滚瓜烂熟，又能诵出个什么道理来呢？

古语又说："口而诵，心而维（思）。""诵"一定要结合着"维"。一方面，口里念着作品的字句；一方面，心里琢磨着作品内容的思想性和其语言的艺术性，日积月累，我们就能达到彻底了解、甚深体会的时候。这也就是个从量变到质变。

同学们的专业是语文，而且不久的将来便要去做语文教师。

一个语文教师应该记住：在讲授文学课时，朗诵是讲解的很好的助手。讲解带有分析性，而朗诵则带有综合性。逐字、逐句、逐段地讲解了之后，听者对作品已有初步的了解；教师再将作品从头至尾朗诵一过，听者对作品便容易得到一个完整的印象。

不过倘若讲解得不清楚，听者没有初步的了解，朗诵决不会起任何作用，只可谓之曰“白费”。特别在讲授古典文学作品时，尤其如此。

我们做教师的不可偏废朗诵，但也不可过于倚仗朗诵。朗诵能补助讲解之所不及，但它决不能代替讲解。

至于在朗诵会上所做的朗诵，也有和上述相仿佛的情形。假如听众根本听不懂朗诵的是什么，那么，朗诵者纵使对于所朗诵的作品有着彻底了解和甚深体会，加之以热情，再运用上语调的技术，听众依旧“不知所云”；于是很好的朗诵也还是成了“白费”。

朗诵也要看对象，尤其是在朗诵古典文学作品时；因为古汉语虽然绝对不是外国语，但和现代语毕竟有距离：听众文化程度和文学修养的深浅也决定着朗诵者的成败。

苏联的马雅可夫斯基恐怕要算得起一位朗诵自己的诗作次数最多的诗人，同时又是朗诵得最成功、且获得最多的听众的。一九二七年，他曾在九个大城市里，三十次朗诵他的长诗

《好！》。在莫斯科，有一次“在政治技术博物馆的挤满了人的大厅里举行的……集会上，马雅可夫斯基刚念完了第九章的几句——

列宁在我们脑中，

枪在我们手中——

听众中有一位年轻的红军战士从座位上站起来说：‘还有您的诗在我们心中，马雅可夫斯基同志！’”（科洛斯科夫：《马雅可夫斯基传》）

这可真算得是诗歌朗诵史上最动人的场面。这是跟他的诗作的思想性和艺术性、跟他的天赋的嗓音和声调、跟他的朗诵技术和他的热情分不开的。

但还有一件，我们不要忘记：马雅可夫斯基的诗是用人民大众的语言加工而写成的。所以听众在“声入、心通”之下，受了感染，受了蛊惑；而那位青年战士当时就情不自禁地发出了赞叹。不用说，马雅可夫斯基的诗倘用了古代俄语写成，朗诵时就不会得到如此成功。又假如他朗诵给不懂俄语的人听，一定也是徒劳。

朗诵会上朗诵的成败，有它的主、客观条件。

朗诵者对于作品的了解和体会、朗诵的技术和热情属于前者。

作品和听众则属于后者。

这封信断断续续地写了一个月，而且我不久就要上课，就此打住。

祝同学们学习进步。

十二月五日写讫

若一个人失掉自信，

虽不能说失掉生活的意义，

而已经失掉生活的勇气同乐趣了，

生不如死。

读李杜诗兼论李杜的交谊

唐代两大诗人李白与杜甫，生既同时，交亦至厚，这是一件很有意义的事。我们不必旁征博引，只翻一翻少陵诗集，看了他赠李白的诗就有十首之多（其他关于李白之诗尚不在此数内）。且不用说尽人皆知的《梦李白》二首是如何情文兼至，只看他“余亦东蒙客，怜君如弟兄。醉眠秋共被，携手日同行”四句，我们也应该觉察出两人非复寻常的朋情了。

《旧唐书·杜甫传》却说：

> 天宝末，诗人杜甫与李白齐名。而白自负文格放达，讥甫龌龊，而有“饭颗山头”之诮。

“饭颗山头”是怎的一回事呢？《韵语阳秋》上说：

> 李白论杜甫则曰“饭颗山头逢杜甫，头戴笠子日卓午，

为问因何太瘦生？只为从来作诗苦”，似讥其太愁肝肾也。

《鹤林玉露》则谓：

> 太白赠子美云：“借问因何太瘦生？只为从前作诗苦。”苦之一辞，讥其困雕镌也。子美寄太白云：“何时一樽酒，重与细论文？”“细”之一字，讥其欠缜密也。

那么，我们诗坛上这两位巨头似乎也不免有“文人相轻，自古而然”，也就是所谓“同行是冤家”的嫌疑了。

不过我总怀疑于太白那四句诗的真实性，虽然号称正史的《旧唐书》上已经那么明明地记载着。李、杜诗风格的确不同，依旧说，则前者是飘逸，而后者是沉郁；依近代之说，则一位像是“L’art pour l’art”，一位像是“L’art pour la vie”。但从古今中外的文学史上看来，凡生在同时而又是好友的大文人，作风却向来不一定一致；而这不一致却又并不妨害彼此的互相了解而缔结了至深的友谊的。所以即便是太白真的写了那么四句送老杜，也未必即是《韵语阳秋》与《鹤林玉露》之所谓的“讥”。吾人常常对于所至亲爱的人们开一个小玩笑，也就是所谓“爱之极，不觉遂以爱之者谑之”的。至于老杜那两句“何时一樽酒，重与细论文”（原题《春日忆李白》），我倒并不——而且也不能怀疑它的真实性。但是，必须得两个人的意见不同，才可以“细”论文吗？志同道合的朋友不一样地可以吗？用了一个“细”字，便说老杜是“讥”太白作品之欠于缜密，罗大经未免有点儿小气；也就是说以小人之心，度君子之腹了。

然而我要说的还不在乎此。

我的一位好友常常对我说：“我总觉得太白仿佛对不起老杜似的：老杜为太白写了那么多的诗，而且又是那样的好，而太白却只写给了老杜一首。”是的，太白只写过一首诗给老杜，我没法替太白辩护。但是我却以为如不论量而论质，那一首诗的斤两也并不轻，虽然不一定抵得住老杜为太白写的十几首。口说无凭，举出便见。

> 我来竟何事，高卧沙丘城。城边有古树，旦夕连秋声。鲁酒不可醉，齐歌空复情。思君若汶水，浩荡寄南征。（李白《沙丘城下寄杜甫》）

也许有人以为这四十个字并不见得怎样的高明。可是我总觉得七、八两句，那气象之阔大，情绪之沉郁，意境之雄厚（恕我只能用这样抽象的字眼），不但与李翰林平素飘逸的作风不同，简直和老杜一鼻孔出气。而老杜的《春日忆李白》则曰：“白也诗无敌，飘然思不群。清新庾开府，俊逸鲍参军。渭北春天树，江东日暮云。”这之下，便该是前面所举的“何时一樽酒，重与细论文”那两句了。通首读来，也并不是老杜平素的厚重的风格，而又很像太白一般的飘逸了。假使两个人交谊不厚，了解不深，怕不能息息相通地起了共鸣到如此的田地的。

况且老杜如果真个的不满意于太白之作风，而以为他有欠于缜密，何以劈头便说“白也诗无敌”呢？难道是“将欲取之，必姑与之”的手法，“将欲抑之，必姑扬之”吗？别人也许如此作，老杜却不是这样的一个人。试看他在成都之日，严武的威势，炙手可热，他一不满意，也还是破口大骂。假若他不满意于太白，又何必取那种“取”“与”“抑”“扬”的手段呢？

两位作家的交谊，竟至影响到彼此作品的风格之相通：这就是我所谓“很有意义的”一件事。

三十五年①十二月三十一日在北平

① 民国三十五年，即1946年。

人的一生往往是事情未来前，胡思乱想；

即来了，乱七八糟；

已过了，悠悠忽忽。

诗三首

——沈兼士先生安葬纪念

沈兼士先生逝世的消息一传出，在我，正如在我的其他师友之间，是晴天的一个霹雳。谁也不会想到那么一位虽然年过六十，却并无一根白发，而且做事谈话一点也不显衰颓的沈先生会在两三个钟头里面溘然长往的。

先生死去的第二天，便移灵到北平市地安门外的嘉兴寺。我曾经去过那个庙里吊过许多回丧——究竟有多少回，我的记性平常，可是数不清了。停灵的处所老是佛殿后那座北房。这一次先生的灵也仍然是。待我在先生灵前行完礼之后，一抬头，却看见门上挂着一块匾，这之前我可没有留心过，径尺大小的四个大字：“现真实相。”当然，那是佛家的习语；那匾大概也是和嘉兴寺一般长的历史而并非是这回才悬挂上去的。不过在我却是初见，仿佛禅宗所谓“筑着磕着”似的，悲痛之馀，觉得有如兜头浇下凉水来。人生必有死，咳，咳！“现真实相！”同时觉得这是先生死后给我的启示。

先生是学者，而且具有办事的心与力的学者。北大国学研究所，故宫文献馆，是他一手奠定了基础，而且成绩昭彰在人耳目的。据说二十年前在厦门大学时，便是鲁迅翁也佩服先生的热心和毅力。先生是小学家，“右文”“字族”“广韵声系”以及其他的著述，将永远沾溉后来的学人。

说也惭愧，我个人是无办事的能力与热心，而于文字学则又是门外汉。我同先生的过从始于民国二十四、五年间，以前先生并不认识我。抗战初期，先生住沙滩，而我移居于弓弦胡同，住址较近，其时我方有意研究元剧中之方言，便常到先生的寓所请教训诂音韵的问题。先生却总是同我谈诗，要我的作品看；而且先生每有所作，也一定写给我。于是我从先生的言谈同作品里发现了先生的文学的天才是被他的小学的功夫所掩抑下去了的。否则先生的诗是可与尹默师齐驱的。有一次，我居然向先生说：“先生如不治小学，一定以诗人名。而我呢，倘早从先生受教，于音韵训诂方面，也一定能有所成就。”先生微笑着，摇摇头。

过了先生的“三七”，已是八月底了，学校仍在暑假，有一天，我忽然发心要整理积存的旧信件，在其中发现了一张素诗笺——

三十一年五月二十四日葬亡儿于翠微山麓，临穴悲怆，不能自已。

乱离生意伤衰白，老泪何堪洒墓墟！回首卅年勤顾复，而今寂寞对楹书。

这是先生埋葬了他的惟一的爱子之后亲手写给我的一首诗。记得我当时曾依韵和了一首送到学校里。那拙作是不值得于此举出。然而葛孚民兄后来告诉我：先生看见我那一首诗，竟流下泪来了。我却以为并非我的诗感动了先生。陆士衡说得好："落叶俟微风以陨，而风之力盖寡。孟尝遭雍门而泣，琴之感以末。何者？欲陨之叶无所假烈风，将坠之泣不足繁哀响也。"在爱子死去不久、埋葬不久的时节，先生的热泪是随时可以流下，无关于拙作之好坏。

至于先生的原作，老实说，在我初一读到的时候，并不觉得有甚了不起。大概我是受了旧底传统底诗"法"的毒了吧，总以为那首诗干枯而喑哑，大不似他平时"轮囷胆气惟宜酒，寂寞心情好著书"的作风了。但读过两遍之后，立刻觉察到自己之错误。那诗不是寻常堆砌着"泪流""肠断""心碎""魂销"那些字样的肤泛的伤感的篇什，而是一位老人失掉了爱子后至情的本身在发响。用了厨川白村的话，便是"宛如给磐石挡着的奔流一般……取一种迂回曲折的行路"，教他从何处丰润、响亮起？教他怎会不干枯而喑哑？我是学文学的，但常常怀疑于文学表现的万能：以为人到至性至情冲动时，往往是"言语道尽"。鲁迅翁言陶渊明写乞食诗时，大概醺然有点儿酒意了：这绝不是一句挖苦话。兼士先生的丧子较之陶公的乞食，其愁苦当有过之而无不及；但是先生的诗却断断不是醺然之后写出来的。那么，那二十八个字正是夜深灯暗、泪尽眼枯时的有力真实的表现，是决不会有人怀疑的。“楹书”本是留给儿子看的，儿子死了，“而今寂寞对楹书”，我愿普天下做父亲的人永不再有这种遭遇。如今先生也安葬了，而且也就葬在先生诗中所谓的翠微山麓。父子两人，丘壑相望，魂魄相依。不过丘壑相望是真的，倘使魂魄相依之真一如丘壑相望，则死者与生者都可以自慰。然而这使我们怎么能够相信得及呢？

在安葬前不多的些日子，感谢葛孚民兄，使我得以见到尹默师哭兼士先生的两首七律——

暑中闻兼士之丧，泫然赋此。弟旧历六月十一日生辰。越五日，宴客于家，宴中疾作，即溘然长逝矣。伤哉！

炎天旦夕几风雷，过雨轩窗闭复开。酒畔偶然闻快语，人间是处有沉哀。荷塘香散花随水，荆树枝摧叶覆苔。白日看云眠未得，虚期北使望中来！

再哭弟

一朝撒手若为情？六十年来好弟兄！更使后生思老辈，却缘清德著能名。他年识字才馀种，此日为邦苦用兵。老泪无多不供洒，木然翘首立秋晴。

默师是诗人，在生活上有着诗的修养；于是他的生活就是诗底生活，而他的整个生活也就成为一首诗。这也就是为什么当听到爱弟不在人间的消息之后，而仍然能够写出第一首七律的原故。诗人是敏感的：这是一句实话，但也是一句老话。我以为一个大的抒情诗人不能一任情感的冲动，而需要能支配情感，尤其是需要把小我从一己的情感里解放出来：于是他写了自己，同时也写了别人；他说他自己的话，同时也就成为一般的喉舌。默师的第一首七律是为哀悼他的爱弟而作的，但是开端四句，风雷作响，轩窗开闭，快语与沉哀往来乘除，说尽了人世和人生之变化转移，使读者一面既有所警惕，一面又有所了悟。这何必是哭弟诗？但又何必不是哭弟诗呢？至于后四句之是哭弟，则无须乎说明。我们读了，或者觉得他太轻描淡写了吧？这理由也很简单：就是诗人能支配自己的情感的原故。于此，读者须体会作者是怎样地把悲伤的情绪升华得成了诗。

然而把自己从情感里解放出来，却并非一件轻而易举的工作。即使是杜少陵，凭他无论如何地力举千钧，笔回万牛，到了这个场合，也并不容易成功。“入门闻号啕，幼子饥已卒。所愧为人父，无食致夭折！”工部也只顾了写情，忘记了写诗：我这样地说了，对老杜并无丝毫不敬之意。倘说这正是老杜之所以为老杜，我也绝对地承认。但这并非所论于默师：他要把他的情感诗化了才写出来的。我们能怪他的轻描淡写吗？老实说，我反而感到默师之吃力，他是用了何等的力量压抑着失掉了嫡亲的弟弟的哀伤而写出这后四句诗来的啊！

至于《再哭弟》之写成，与前一首“暑中闻兼士之丧”，中间想隔离了相当的日期了吧。这日期有多长，我们无从揣知。但前首标题曰“暑中”，而后篇的末两字是“秋晴”，这之间，我们就假定它有半月或二十天。这半月二十天之中，默师的丧弟之痛，不但未曾降低，而且愈加浓厚起来了：他自己的诗就是个明证见。看他一开端便是：“一朝撒手若为情？六十年来好弟兄！”弟兄差不多人人都有，然而难得的却是好弟兄，尤其难得的是六十年的好弟兄。有了这样的好弟兄而“一朝撒手”，不只身经的无以为情，即使是旁观者也代为之感伤的。诗人的悲哀是经过这半月二十天的郁积和酝酿，瓜熟蒂落似的成为诗而滚到笔下来了。这情感是已经像一个调驯了的骏马似的恰如人意而又恰到好处地驰骋着了，这之下，三四、五六两联是哭弟，是一位诗人哭兼士先生那样的弟弟的句子，而不是随便一个人哭随便的一位弟弟的句子。到了结尾的“老泪无多不供洒，木然翘首立秋晴”，这同兼士先生的“而今寂寞对楹书”，虽然一个写的是哭弟，一个写的是丧子，可不又是同一的意境了吗？

然而兼丈（我向来于函件中是这样称呼兼士先生的）究竟是兼丈而不是默师；而默师究竟是默师而不是兼丈；虽则他们“六十年来好弟兄”。默师是诗人，他能以从情感把自己解放出来。“木然翘首立秋晴”，倘若异中取同，说是与陶渊明的“悠然见南山”有相似之处，想也没有什么不可以。兼丈是学者，而且是具有办事的热心与毅力的学者，他有着他的彻头彻尾的执着性。他是不能也并不肯从情感里解放出自己来的人。“而今寂寞对楹书”，他是从他的惟一爱子死去之后，一直地“寂寞”地“对”着“楹书”以至于自己的死神临头之日的，不拘他是怎样地从沦陷区辗转到大后方，或是胜利后重复飞回了故都的北平；也不拘他是怎样地治着学，办着事，读着书，作着文或是会着宾客，谈着话。在兼士先生的爱子的病一年重似一年、一日深似一日的时节，我在先生的脸上觉察到烦躁和不安；而在他永远地失掉了儿子之后，我在他的脸上就看见了那“寂寞”。我这样地说了，料想先生的友好大概也有同感的。

自先生作古以后，我时常想：假使先生的爱子不死，或者先生不那么富于执着性，而能一如默师似的将自己从情感里解放出来，则他的寿限将不止于六十有一。但是即使我这幼稚、荒谬的想头是不错的，此刻说了，不也是还成其为废话吗？先生生前，时时刻刻关心于我的学业、身体，甚而至于生计，每见必谆谆垂问，且每每代为筹划。先生自然不预计我的酬报。若说感恩知己，则又本是人同此心，心同此理；惭愧的是我只能写这样的恶劣文字来作为先生安葬的纪念。

三十六年[1]十一月二十一日写起，二十八日脱稿。

---

① 民国三十六年，即1947年。

夜漫漫斋说玉溪生诗（残稿）

…………

（二）

落花

高阁客竟去，小园花乱飞。
参差连曲陌，迢递送斜晖。
肠断未忍扫，眼穿仍欲归。
芳心向春尽，所得是沾衣。

古人作诗常将全副精力倾注在开端数语，似乎全不为后幅留馀地。如“古诗十九首”之“西北有高楼，上与浮云齐”，十个字便使人抬眼望向半天空中。曹子建之“明月照高楼，流光正徘徊”，十个字便使人心魂荡漾不能自已。以及后来陶渊明、李太白、杜子美，亦俱有此气象。读诗者于此等处，若说是古人作诗有意于开门见山，则是完全不了解古人文心。大凡古人作诗，皆是胸中先有一段话要说，如骾在喉，不吐不快，着一毫思量与计较不得。正如“法华经”中所云“此众无枝叶，惟有诸真实”。所以沉着痛快最是古人擅场。后人万万及不得，则思量与计较害之也。古人之作亦有含蓄蕴藉者。此自有其不得不含蓄蕴藉者在，初非有意于此含蓄蕴藉也。尤非后来诗匠拿糖作醋、半含半吐而自命为含蓄蕴藉者所可同日而语也。夫古人既有话要说，不吐不快矣，则其开端数语之披肝沥胆与读者相见，乃自然之势也；则其未尝思量计较要作一篇开门见山的文字，亦可断断言也。或曰古人才高力大，故虽不为后幅留馀地，而后幅自亦不至于枯窘；后之人才低力弱，没不为后幅打算，其弊必至声嘶力尽不能成篇。窃以为不然。古人之能为此等诗，才高力大容有之，要之，亦其情真胆壮也。彼其亦吐其胸中之所欲书而已，故其开端便复精彩四射，后幅之如何写去，非所暇计也，或待写至后幅再说耳。如其开端便已发泄无馀，只此便已成成篇，正不必要彼后幅也。甚矣后来作者之怪也，见解不高，情感不真，亦既无复可说之话矣，犹斤斤于文字之能成篇与否。无论不能，藉曰能之，此等作品如非行尸走肉，亦沐猴而冠耳，诗云乎哉？唐人祖咏试《终南望馀雪》诗，赋曰：“终南阴岭秀，积雪浮云端。林表明霁色，城中增暮寒。”即纳于有司，或诘之，咏曰：“意尽也。”此岂非开端数语发泄无馀，便不须强续成篇之明证也哉！

此又岂非如其话尽，便是篇成，此外更无所谓篇之明证也哉！宋人潘大临作重阳诗，方“满城风雨近重阳”，便为催租人不来，亦正难得再写下去。敷衍成篇，初学为诗者能之，潘岂不能？无奈情景包此一句中，欲言者已尽，不必续亦不可续，篇虽不成，诗则可传。潘之托懒处，正其诗好处，藏拙处也。即陈王之诗，后幅有时亦逊前，即此何害于八斗之才乎：故曰为后幅留佳句、留好意，皆是第二三流作家思量计较后之所为，古之人决不为。譬之老于世故者，见人时要说的话留中不发，先以闲谈之语探人意旨，再以深心之语使人入彀，此虽尽说话之能事，但未失赤子之心者，岂为之哉！

即如义山此诗，题是落花，而开口第一句却与落花全不相干。第二句却直说落花，又似乎是骂题，不知渠却将身在暮春、眼看落花神理尽写出也。两句写来，意已完，话已尽，三四、五六两联，虽是从正面出力写落花，只是木雕泥塑，面目虽具，神气索然。咏物之作，若全在物上着想，假饶工稳熨帖，已是棘猴楮叶；甚者刻画描写，竟是灯谜，更不成诗。义山于此，似亦堕坑落堑，非复透网金鳞。诗人最要浩浩落落，独来独往，有时空里转身；否则力穿七札，杀人便于咽喉下刀。一到黏着于物，便是为题所缚，有如惹火烧身，自救不得。即使手脚利落，亦似以水洗水。夫心生种种法生，心灭种种法灭，彼“物”也者，何与“我”事，而顾咏之？岂非于我心有戚戚焉而不能自已哉！若心为物所包围，而不能摄提之，笼罩之，如天地之载覆，日月之照临，假饶力举千钧，已自呆相。所以者何？为物所使故。所以义山此等处，最不可为法。学之者从此入手，任凭字法句法如何逼肖，已是在鬼窟中做活计也。韩冬郎极得义山诗法。其《惜花》诗："皱白离情高处切，腻红愁态静中深。眼随片片沿流去，恨满枝枝被雨淋。总得苔遮犹慰意，若教泥污更伤心。临轩一盏悲春酒，明日池塘是绿阴。"前三联字字句句是惜是花，一二写残花神理尤为细入秋毫，因为花不是将残时，白的不皱，红的不腻也。可惜者，瞎子手中一条明杖，时刻行走离它不得；又如拘谨之士，动静俱在礼法之中，虽然不错，未免周身不自在也。试持比老杜之"一片飞花减去春，风飘万点正愁人"——读者着眼，此亦是开端也——则一飞一沉，一活一死，一大一小，一个充塞乎天地、一个向牛犄角里钻，优劣立见。所以王静安先生《人间词话》说："白石《暗香》《疏影》，格律虽高，然无一语道着，视古人'江边一树垂垂发'等句为何如耶！"夫白石之《暗香》《疏影》，语□[1]定梅花，若老杜之"江边一树"何以一定见得必是梅树，"垂垂发"何以见得必是梅花？然而老杜摄神，白石取□，所以静安说他无一语道着也。幸而冬郎于结尾一联，放得□开，便同久没水底之人，忽然昂头岸上，立觉天宇空阔，波涛浩瀚，遂终不失为第一流作品也。义山之"芳心向春尽，所得是沾衣"，亦颇有此种意境，只惜其沉着有馀而痛快不

① 此处原手稿抄空，下同。

足耳。然而此亦情有可原，总因其开端十字，境界深大，该括一切，此“芳心”二语，早已包含于其中，于此抬出，不过借以作结而已。

鄙见已略如上述，更录前人评语，以资参考：

何义门：致尧“惜花”七字，意度亦出于此。

沈归愚：起法之妙，黏着者不知。

纪晓岚：起句亦非人意中所无，但不免着在中联末联，写寞景耳，此得神在逆折而入。

田賛山：起超忽，连落花亦看得有情矣；结，亦双关。

论词

在中国词史上，

所有人的作品可以四字括之——无可奈何。

晚唐词（残稿）

文学之魅人力当如火折子，在于语言融化。中国以抒情诗为主。《诗经·七月》诗篇壮丽，楚辞中夹杂感情（哲学、历史），杜诗补充了诗之史、诗之遗憾。词很少叙事（史实）成分，很少表现哲学理想，“二主”入以史实，思想内容因以扩大，继承了诗骚李杜。小杜最恨商人（士大夫与一般人的观点不同），常赞美范蠡，以其为由商人转入救国救民之士大夫。前蜀王建、后蜀孟知祥皆荒淫无道，政治腐朽，故其下属亦然，晚唐之遗也。南唐，词情则较真挚，取象则较鲜明，长安□[①]词《忆秦娥》豪爽、开朗、痛快，可代表长安。

晚唐词，温为第一也（有词集之词人），将北里词加工为诗家词，以诗之唯美派作风入词，（乃）以诗之末流为词之早期之作。

---

① 此处抄稿模糊而不可辨。

韦之《思帝乡》（春日游），热烈、真挚，为理想之牺牲、之进步，思想通过两性之爱表现出来，用字少而形象化。杏花盛开，满地是，满天也都是，女子已游了半天，春光灿烂，尽情享乐。杏花亦然。“陌上谁家年少，足风流”，“足”，动词，引提多么风流，最理想、最标准的容止（风格），是人格表现之于外者。《女冠子》（四月十七），梦写得充实，用生活引起体会。《菩萨蛮》（红楼别夜）“残月出门时，美人和泪辞”，鲜明凄冷的取象。“斜月脸边明，别泪临清晓”……

南唐二主：李璟“菡萏”一首不为悲哀所压倒，“老骥伏枥”（杜“迥立向苍苍”）者也，通过两性悲欢写政治上的失败。“菡萏香销翠叶残，西风愁起碧波间”，首两句即是败势……

上楼是登高望远。

没有一个诗人、没有一个有理想的人

而不喜欢登高望远的，有人味、有诗味。

稼轩词说

自 序

苦水曰：自吾始能言，先君子即于枕上口授唐人五言四句，令哦之以代儿歌。至七岁，从师读书已年馀矣。会先妣归宁，先君子恐废吾读，靳不使从，每夜为讲授旧所成诵之诗一二章。一夕，理老杜《题诸葛武侯祠》诗，方曼声长吟“遗庙丹青落，空山草木长”，案上灯光摇摇颤动者久之，乃挺起而为穗。吾忽觉居室墙宇俱化去无有。而吾身乃在空山中草木莽苍里也。

故乡为大平原，南北亘千馀里，东西亦广数百里，其地则列御寇所谓“冀之南汉之阴无陇断焉”者也。山也者，尔时在吾，亦只于纸上识其字，画图中见其形而已。先君子见吾形神有异，诘其故，吾略通所感，先君子微笑，已而不语者久之，是夕遂竟罢讲归寝。

吾年至十有五，所读渐多，始学为诗，一日于架上得词谱一册读之，亦始知有所谓词。然自是后，多违庭训，负笈他乡。

廿岁时，始更自学为词。先君子未尝为词，吾又漫无师承，信吾意读之，亦信吾意写之而已。先君子时一见之，未尝有所训示，而意似听之也。顾吾其时已知喜辛稼轩矣。世间男女爱悦，一见钟情，或曰宿孽也。而小泉八云说英人恋爱诗，亦有前生之说。若吾于稼轩之词，其亦有所谓宿孽与前生者在耶?

自吾始知词家有稼轩其人以迄于今，几三十年矣。是之间，研读时之认识数数变，习作之途径亦数数变，而吾每有所读，有所作，又不能囿于词之一体，时而韵，时而散，时而新，时而旧，时而三五月至三五年摈词而不一寓目，一著手。而吾之所以喜稼轩者或有变，其喜稼轩则固无或变也。意者稼轩籍隶山东，吾虽生为河北人，而吾先世亦鲁籍，稼轩之性直而率，戆而浅，故吾之才力，之学识，之事业，虽无有其万之一，而习性相近，遂终如针芥之吸引，有不能自知者耶。

噫，佛说因缘，难言之矣。然自是而友好多目余填词为学辛，二三子从余治词者亦或以辛词为问。而频年授书城西校中，亦曾为学者说稼轩长短句。

卅年冬，城西罢讲，是事遂废。会莘园寓居近地安门，与吾庐相望也，时时过吾谈文。一日吾谓平时室中所说，听者虽有记，恐亦难免不详与失真。莘园曰：“若是，何不自写?”吾亦一时兴起，乃遴选辛词廿首。付莘园抄之，此去岁春间事也。然既苦病缠，又疲饥驱，荏苒一载将半，始能下笔，作辍廿馀日，终于完卷。亦足以自慰，足以慰莘园，且足以慰年来函询面问之诸友也。

夫说辛词者众矣，吾尝尽取而读之，其犁然有当于吾心者，盖不数数遘。吾之说辛，吾自读之，亦觉有稍异夫诸家者。吾之视人也既如彼，则人之视吾也，其必能犁然有当于心也耶？彼此是非，其孰能正之？虽然，既曰说，则一似为人矣。吾之是说，如谓为为人，则不如谓为自为之为当。此其故有三焉。其一，吾廿馀年来读辛词之所见，零星散乱，藉此机缘，遂得而董理之。其二，吾初为上卷时，笔致甚苦生涩，思致甚苦艰辛，情致甚苦板滞，及至下卷，时时乃有自得之趣。其三，吾平时不喜为说理之文。于是亦得而练习之。为人之结果若何，吾又乌能知之，若其自为，则吾已有种豆南山之感矣。胜业虽小，终愈于无所用心耳。或有谓既以自为而非为人，又何必词说之为？曰：既非为人而以自为，又何不可为词说也？

陶公诗时时言酒，而人谓公之意不在酒，藉酒以寄意耳。夫其意在酒，固须言酒；若其意不在酒，而陶公之诗乃又不妨时时言酒也。且夫宇宙之奥，事物之理，吾人其必不能知耶？苟其知之。吾人又必能言之耶？孔子为天纵之圣，释迦为出世之雄，是宜必能知矣。孔子循循善诱，诲人不倦，而曰：“予欲无言。”

释迦在世，说一大藏教，超度众生，而曰：“若人言如来有所说法，即为谤佛。”

以圣人与大雄，尚复如是，则说之难欤？抑说之无益欤？月固月也，人不识月．而吾指以示之，则有认指为月者矣。水固水也，析之为氢二氧，无毫发虚伪于其间也，说之确当无加于是矣。然既氢二氧矣，又安在其为水也？若是夫说之难且无益也。孔子与释迦所说者道，而今吾所欲言者文。道无形而文有体，则说道艰而说文易。

古来说文之作，吾所最喜，陆士衡《文赋》，刘彦和《雕龙》，是真意能转笔，文能达意者。然士衡曰：“是盖轮扁之所不得言，故亦非华说之所能精。”又曰：“盖所能言，具于此云。”则有欲言而不能言者矣。至刘氏之《文心雕龙》，较之《文赋》，加详与备。然其《序志》亦曰：“虽复轻采毛发，深极骨髓，或有曲意密源，似近而远，辞所不载，亦不胜数。”以二氏之才识与思力，专精于文，尚复如是，吾未见说文之易于说道也。是故知之愈多，言之愈寡；知之弥邃，说之弥艰；文与道无殊致也。

彼孔子与释迦，陆机与刘勰，皆知道与知文者也，宜其言之如是。吾于道无所知，自亦不言，至今之说辛词，词亦文也，说词亦岂自谓知文？陆氏与刘氏，维其知文，虽不能妄言，要不肯易言，故有前所云云耳。

若夫苦水维其不知文，故转不妨妄言之，是亦陶公饮酒之别一引申也。夫子之言性与天道，不可得而闻。彼村氓山樵，释耒弛担，田边林下，亦间谈性天。此岂能与夫子并论？彼村氓山樵，不独无方圣人之意，亦并无自谓有知性天之心，要之，亦不能不间或一谈而已。亦更不须援刍荛之言，圣人择焉而为之解嘲也。于是乃不害吾说文，又不害吾说辛词也。而吾又将奚以说也？于古有言：文以载道。若是乎文之不能离道而自存也。然吾读《论语》《庄子》及大雄氏之经，皆所谓道也，而其文又一何其佳妙也？《论语》之文庄以温，《庄子》之文纵而逸，佛经之文曲以直，隐而显。如无此妙文，则其书将谁诵之？而其道又奚以传？若是乎道之有赖于文也。彼载道之文，且复如是，则为文之文将何如邪？

古亦有言：诗心声也，字心画也。夫如是，则学文之人将何如以涵养其身心，敦励其品行乎？殆必如儒家之正心诚意，佛家之持戒修行而后可。虽然，审如是，即超凡入圣，升天成佛，于为文乎何有？且吾即将如是以说耶？则虽谈天雕龙，辨析秋毫，于说文又何有？而学文者又决不可忽视上所云之涵养与敦励。然则如之何而可？于此而有简当之论，方便之门，夫子之忠与恕，初祖之直指本心，见性成佛是。所谓诚也。故曰：“修辞立其诚。”故曰：“诚于中，形于外。”吾尝观夫古今大文人大诗人之作，以世谛论之，虽其无关于道义之处，亦莫不根于诚，宿于诚。稼轩之词无游辞，则何其诚也。复次，文者何？文也，文采也。无“文”，即不成其为文矣。

吾之所谓文采，非脂粉熏泽之谓。脂粉熏泽，皆自外铄，模拟袭取，非文采也。而欲求文采之彰，又必须于文字上具锤炉，能驱使，始能有合。小学家之论小学也，曰形，曰音，曰义。今姑借此固有之假名，以竟吾之说。曰义者，识字真，表意恰是，此尽人而知之矣。然所谓识字，须自具心眼，不可人云亦云。否则仍模袭，非文采也。曰形者，借字体以辅义是。故写茂密郁积，则用画繁字。写疏朗明净，则用画简字。一则使人见之，如见林木之蓊郁与夫岩岫之杳冥也。一则使人见之，如见月白风清，与夫沙明水净也。曰音者，借字音以辅义是。故写壮美之姿，不可施以纤柔之音；而洪大之声，不可用于精微之致。如少陵赋樱桃曰“数回细写”，曰“万颗匀圆”。“细写”齐呼，樱桃之纤小也；“匀圆”撮呼，樱桃之圆润也。以上三者，莫要于义，莫易于形，而莫艰于声。无义则无以为文矣，故曰要。形则显而易见，识字多则能自择之，故曰易。若夫声，则后来学人每昧于其理，间有论者，亦在恍兮惚兮若有若无之间，故曰艰。曰要，曰易，曰艰，以上云云，就知之而言也。若其用之于文也亦然。

虽然，古来大家，其亦果知之耶？要亦行乎其不得不然，不如是，则不惬于其文心而已。今吾亦既再三言之，则亦似知之矣，而吾之所作，其果能用之耶？即能用之，其果能必有合耶？吾尝笑东坡“魂飞汤火命如鸡”一句之非诗，其义浅而无致，其形粗而无文，其声则噪杂而刺耳。东坡世所谓才人也，而其为诗，乃有此失。其他作家，自宋而后，虽欲不等诸自郐以下不可得也。

若夫往古之作，“三百篇”，《楚辞》，“十九首”，曹孟德，陶渊明，于斯三者，殆无不合。李与杜，则有合有离矣。然其高者，亦殆无不合。今姑以杜为例。七言如“风吹客衣日杲杲，树搅离思花冥冥”，如“子规夜啼山竹裂，王母昼下云旗翻”，如“骏尾萧梢朔风起”，如“万牛回首丘山重”，五言如“重露成涓滴，疏星乍有无”，如“露从今夜白，月是故乡明”，如“云卧衣裳冷”，如“侧目似愁胡”等等，皆于形音义三者，无毫发憾。学人有心，细按密参，自有入处，不须吾一一举也。稼轩之词，亦有合有离矣。其合者，一如老杜，即以今所选诸词论之，如《念奴娇》之“凄凉今古，眼中三两飞蝶”，如《沁园春》之“叠嶂西驰，万马回旋，众山欲东”，如《鹧鸪天》之“红莲相倚浑如醉，白鸟无言定自愁”，如《南歌子》之“月到愁边白，鸡先远处鸣”等等，学人亦可自会，又不须吾一一说也。虽然，吾上所拈举，聊以供学人之反三云尔。吾非谓二家之合作即尽于是，亦非谓其有句而无篇也。即今所选辛词二十章，亦岂遂谓足以尽稼轩哉？

抑吾尚有不能已于言者，凡夫形音义三者之为用也，助意境之表达云尔。是故是三非一，亦复即三即一。一者何？合而为意境而已。一者何？即三者而为一而已。故视之而睹其形，诵之而听其声，而其义出焉。又非独惟是也，听其声而其形显焉，而其义出焉。若是则声之辅义更重于形也。三即一者，此之云尔。且三者之合为文而彰为采也，不可以无心得，不可以有心求。稍一勉强，便非当家。古之作者，其入之深也，常足以探其源而握其机。故能操纵杀活，太阿在手。其出之彻也，又常冥然如无觉，夷然如不屑。故能左右逢源，行所无事。于是而所谓高致生焉。吾乃今然后论高致。吾国之作家，自魏晋六朝迄乎唐宋，上焉者自有高致；其次知求之，有得不得；其次虽知求之，终不能得；若其未梦见者，又在所不论也。稼轩之为词，初若无意于高致，则以其为人，用世念切，不甘暴弃，故其发而为词，亦用力过猛，用意太显，遂往往转清商而为变徵，累良玉以成疵瑕，英雄究非纯词人也。然性情过人，识力超众，眼高手辣，肠热心慈，胸中又无点尘污染，故其高致时时亦流露于字里行间。即吾所选二十首中，如《水龙吟》之“楚天千里清秋，水随天去秋无际”，《鹊桥仙》之“看头上风吹一缕”，《清平乐》之“谁似先生高举，一行白鹭青天”，皆其高致溢出于不自觉者中也。义已详《说》中，兹不赘。问：既曰高致，则作品所表现，亦尝有关于作者之心行乎？曰：此固然已。而吾又将鸣呼论之？且此宁须论也？而吾前此拈心画、心声时固已稍稍及之矣，故于此亦不复论。若高致之显于作品之中也，则必有藉乎文字之形音义与神乎三者之机用。是以古之合作，作者之心力既常深入乎文字之微，而神致复能超出乎言辞之表，而其高致自出。不者，虽有，不能表而出之也。而世之人欲徒以意胜，又或欲以粉饰熏泽胜，瘉已。

吾如是说，其或可以释王渔洋之所谓神韵，王静安之所谓境界乎？虽然，吾信笔乘兴，姑如是云云耳。吾年来于是之自悟自肯也，亦已久矣。即与两家所标举之神韵与境界无一毫发合焉，吾之自肯如故也。即举世而不见肯，吾之自肯仍如故也。吾之为此词说也，岂有冀于世之必吾肯也。二三子既有问，吾适有所欲言，聊于此一发之云尔。吾说而无当也，则等于大野之风吹，宇宙空虚，亦何所不容。其当也，又岂须吾说之耶。

上智必能自合之。次焉者，研读创作，日将月就，必能自得之。若是者又奚吾说之为耶？下焉者，虽吾说，其有稍济耶？且四十九年，三百馀会，一部大藏教，亦何尝非说？而其终也，世尊拈花，以不说说，迦叶微笑，以不闻闻。二三子虽求知心切，欲得顿悟，来相叩击，希冀触磕，吾亦已不能无言，而果能言之耶？言所以达意，而果能达耶？即达矣，二三子之所会，果为吾意耶？嗟夫，初祖西来，教外别传，直指本心。而六祖目不识丁，且谓诸佛妙理，非关文字，顾尚有坛经。马祖出而曰即心即佛，继而曰非心非佛；虽其言之简，固亦不能无言也。弟子大梅谓其惑乱人未有了日，宜哉。

后来子孙，拈槌竖拂，滚球弄狮，极之而棒，而喝，而打地，而一指，苦矣，苦矣。吾尝推其意，盖皆知其不能言而又不能不有所表现以示来学，所谓不得已也。出家大事，如此纠纷，亦固其所。若夫词说，有何重轻。谓之说稼轩长短句可，谓之非只说稼轩长短句亦可。谓之为人可，即谓之自为亦可。谓之意专在说可，即谓之意不在说，尤大无不可。

漆园老叟，千古达人，而曰呼我为牛者应之，呼我为马者应之。庄子果牛与马耶，即不呼不应，庄子之为牛马自若也。果非牛与马耶，人呼之即应之，庄子之为庄子自若也。

嗟嗟，释迦有言：万法唯心。中哲亦言：贪夫殉财，烈士殉名。吾辈具是凡夫，生于斯世，心固不能不有所系维。苟有以系维吾心，而且得以自乐焉，斯可矣。呼牛与马可应之，而名之与财，又奚以区而别之也耶？

至是而吾之自序，亦将毕矣。自吾初著手为此序，未意其冗长如是。而终于如是冗长者，欲稍稍综合“说”中之言，一。欲稍稍补足“说”中之义，二。欲稍稍恢宏“说”中之旨，三也。虽然，冗长至如是，而所谓综合、补足与恢宏也者，吾自读此序一过，仍觉有欲言而未能言与夫言之而未能尽者。则亦不能不止于是矣。

《稼轩长短句》自在天壤之间，读之者而好之者，会之者，大有人在，将不待吾之选之，说之，序之也。至于文则一如道。道无不在，而文亦若中原之有菽。学文之士自得之者，亦大有人在，更不需吾之说也。法演禅师谓陈提刑曰："提刑少年曾读小艳诗否？有两句颇相近：'频呼小玉元无事，只要檀郎认得声。'"吾姑抄此，以结吾序。

词目　　卷上

词目 卷下

右[①]所选稼轩词凡二十章。词中之辛，诗中之杜也。一变前此之蕴藉恬淡，而为飞动变化，却亦自有其新底蕴藉恬淡在。世之人于诗尊杜为正统，于词则斥辛为外道，何耶？

杜或失之拙，辛多失之率。观过知仁，勿求全而责备焉，可。学之不善而得其病，则不可。

善乎后村之言曰："公所为词，大声镗鞳，小声铿鍧，横绝六合，扫空万古。其秾丽绵密者，亦不在小晏秦郎之下。"镗鞳铿鍧者，吾之所谓飞动变化者也。世人所认为镗鞳铿鍧者，太半皆其糟粕也。无已，其于秾丽绵密求之乎，吾之所谓新底蕴藉恬淡也。莘园且为吾抄之，吾将细为之说。卅一年[②]四月苦水记。

词目后记

去岁拟说稼轩词时，选词既定，曾有记如右。比莘园抄来，竟不曾说。今日再阅一过，回想尔时胸中所欲言者俱已幻灭，如云如烟，不可追求。但约略记得，其时颇有与诸家理会一向之意。今所写，则极力避免与前人斗口，若其间有不合则固然耳，与去岁无以异。吾甚幸去岁之不曾说，省却多少口舌是非。吾又甚悔去岁之不曾说，事过境迁，遂致曾无踪迹可证吾之学力与识

① 原稿为竖排，上列词目居右。

② 民国三十一年，即1942年。

力有无进益也。

旧说既无有，而今吾所说又稍稍异前所见，又旧所选。不曾分卷，今厘而二之，上卷多飞动之作，下卷所选稍较恬静。又于下卷中弃《临江仙》“金谷无烟”一首、《鹧鸪天》“晚日寒鸦”一首、“有甚闲愁”一首。而补以今之《青玉案》《感皇恩》《清平乐》。则旧记本可不存。而仍存之者，敝帚自珍之外，意者小小意见，或亦有可供二三子参会处耶。

自吾初著笔为此“说”，时在中伏，日长天暑，今虽立秋，仍在三伏，秋老虎之馀烈，犹未稍减。吾之病躯虽较旧时为健，而苦思久坐，头之眩，腰之楚，亦屡屡迫我停笔卧床。至于挥汗如雨，倦目生花，可无道矣。吾写至此，《词说》真将卒业矣。虽曰自喜，终竟惭愧。圜悟和尚问其弟子宗杲曰：“达摩西来，将何传授？”杲曰：“不可总作野狐精见解。”又问：“据虎头，收虎尾，第一句下明宗旨。如何是第一句？”杲曰：“此是第二句。”吾今兹之“词说”，其皆野狐精见解与第二句乎？卅二年[1]八月十二日记于净业湖南之倦驼庵。

① 民国三十二年，即1943年。

卷 上

贺新郎

赋琵琶

凤尾龙香拨，自开元霓裳曲罢，几番风月。最苦浔阳江头客，画舸亭亭待发。记出塞黄云堆雪，马上离愁三万里，望昭阳宫殿孤鸿没；弦解语，恨难说。

辽阳驿使音尘绝，琐窗寒，轻拢慢捻，泪珠盈睫。推手含情还却手，一抹梁州哀彻。千古事云飞烟灭。贺老定场无消息，想沉香亭北繁华歇。弹到此，为呜咽。

读辛老子词，且不可徒看他横撞直冲，野战八方。即如此词，看他将上下千古与琵琶有关的公案，颠来倒去，说又重说。难道是几个典故在他胸中作怪？须知他自有个道理在。原夫咏物之作，最怕为题所缚，死于句下；必须有一番手段使它活起来。狮子滚绣球，那球满地一个团团转，狮子方好使出通身解数。然而又要能发能收，能擒能纵，方不致不可收拾。

稼轩此作，用了许多故实，恰如狮子滚绣球相似，上下，前后，左右，狮不离球，球不离狮。狮子全副精神，注在球子身上。球子通个命脉，却在狮子脚下。古今词人一到用典咏物，有多少人不是弄泥团汉。龙跳虎卧，凤翥鸾翔，几个及得稼轩这老汉来？

虽然如是，尚且不是辛老子最后一着。如何是这老子最后一着？试看换头以下，曲曲折折，写到“轻拢慢捻”，“推手”“却手”，已是回肠荡气；及至“一抹凉州哀彻”，真是四弦一声如裂帛，又如高渐离易水击筑，字字俱作变徵之声。若是别人，从开端至此，费尽气力，好容易挣得一片家缘，不知要如何爱惜维护，兢兢业业，惟恐失去。然而稼轩却紧钉一句：“千古事云飞烟灭。”这自然不是“曲终人不见，江上数峰青”。但是七宝楼台，一拳粉碎，此是何等手段，何等胸襟。真使读者如分开八片顶阳骨，倾下一瓢冰雪水。又如虬髯客见太原公子，值得“心死”两字也。

要会稼轩最后一着么？只这便是。然而若认为是武松景阳冈上打虎的末后一拳，老虎便即气绝身死，动弹不得，却又不可。何以故？武行者虽是一片神威，千斤膂力，却只能打得活虎死去，不会救得死虎活来。辛老子则既有杀人刀，亦有活人剑，所以不但活虎可以打死，亦且死虎可以救活。不信么？不信，试看他“贺老定场无消息，想沉香亭北繁华歇”十五个字，一口气便呵得死虎活转来了也。

念奴娇

重九席上

龙山何处，记当年高会重阳佳节。谁与老兵供一笑，落帽参军华发。莫倚忘怀，西风也解点检尊前客。凄凉今古，眼中三两飞蝶。

须信采菊东篱，高情千载，只有陶彭泽：爱说琴中如得趣，弦上何劳声切。试把空杯，翁还肯道：何必杯中物。临风一笑，请翁同醉今夕。

稼轩性情、见解、手段，皆过人一等。苦水如此说，并非要高抬稼轩声价，乃是要指出稼轩悲哀与痛苦底根苗。凡过人之人，不独无人可以共事，而且无人可以共语。以此心头寂寞愈蕴愈深，即成为悲哀与痛苦。发为篇章，或涉愤慨。

千万不要认作名士行径，才子习气。彼世之所谓名士才子者，皆是绣花枕，麒麟楦，装腔作势，自抬身份，大言不惭，陆士衡所谓“词浮漂而不归者”也。即如明远、太白，有时亦未能免此，况其下焉者乎。稼轩即不然，实实有此性情、见解与手段，实实感此寂寞，且又实实抱此痛苦与悲哀，实实怪不得他也。

此词起得不见有甚好，为是是重九席上，所以又只好如此起。迤逦写来，到得“谁与老兵供一笑，落帽参军华发”两句，便已透得些子消息。老兵者谁？昔之桓温，今之稼轩也。桓温当年面前尚有一个孟嘉，可供一笑。稼轩此时眼中却并一个孟嘉也无。

往者古，来者今，上是天，下是地，当此秋高气爽，草木摇落之际，登高独立，眇眇馀怀，何以为情？所以又有“莫倚忘怀，西风也解点检尊前客”三句，是嘲是骂，是哭是笑，兼而有之。却又嫌他忒杀锋芒逼人，所以今日被苦水一眼觑破，一口道出。直到“凄凉今古，眼中三两飞蝶”，写得如此其感喟，而又如彼其含蓄；纳芥子于须弥，而又纳须弥于芥子。直使苦水通身是眼，也觑不破；遍体排牙，也道不出。

英雄心事，诗人手眼，悲天悯人，动心忍性，而出之以蕴藉清淡，若向此等处会得，始不辜负这老汉；若一味向鲁莽灭裂处求之，便到驴年也不会也。

稼轩手段既高，心肠又热，一力担当，故多烦恼。英雄本色，争怪得他？

陶公是圣贤中人，担荷时则掮起便行，放下时则悬崖撒手。稼轩大段及不得。试看他《满江红》词句，“天远难穷休久望，楼高欲下还重倚”，提不起，放不下，如何及得陶公自在。这及不得处，稼轩甚有自知之明，所以对陶公，时时致其高山景行之意。一部长短句，提到陶公处甚多。只看他《水调歌头》词中有云：“我愧渊明久矣，犹借此翁湔洗，素壁写《归来》。”真是满心钦佩，非复寻常赞叹。

古今诗人，提起彭泽，哪个又不是极口赞叹，何止老辛一人？然而他人效陶和陶，扭捏做作，只缘人品学问，不能相及，用尽伎俩，只成学步，捉襟见肘，百无是处。稼轩作词，语语皆自胸臆流出。深知自家与陶公境界不同，只管赞叹，并不效颦。所以苦水不但肯他赞陶，更肯他不效陶；尤其肯他虽不效陶，却又了解陶公心事。此不止是人各有志，正是各有能与不能，不必缀脚跟，拾牙慧耳。

只如此词后片，忽然借了重九一个题目，一把抓住彭泽老子，大开玩笑，不但句句天趣，而且语语尖刻。即起陶公于九原，恐亦将无以自解。且道老辛是肯渊明，不肯渊明？若道不肯，明明说道高情千古。若道肯，却又请他“试把空杯”。不见道：只因爱之极，不觉遂以爱之者谑之。又道是：“故将别语恼佳人，要看梨花枝上雨。”苦水如此说，甚是不敬，只为老辛顽皮，所以致使苦水轻薄。下次定是不敢了也。

沁园春

灵山齐庵赋，时筑偃湖未成

叠嶂西驰，万马回旋，众山欲东。正惊湍直下，跳珠倒溅；小桥横截，缺月初弓。老合投闲，天教多事，检校长身十万松。吾庐小，在龙蛇影外，风雨声中。

争先见面重重，看爽气朝来三数峰：似谢家子弟，衣冠磊落，相如庭户，车骑雍容。我觉其间，雄深雅健，如对文章太史公。新堤路，问偃湖何日，烟水蒙蒙。

读辛词，一味于豪放求之，固不是；若看作沉着痛快，似矣，仍未是也。要须看他飞针走线，一丝不苟，始为得耳。即如此词，一开端便即气象峥嵘，局势开拓，细按下去，何尝有一笔轶出法度之外？工稳谨严处，便与清真有异曲同工之妙。笑他分豪放婉约为两途者之多事也。

闲话且置。即如此词，如何是辛老子一丝不走处，一毫不曾轶出法外处？看他先从山说起，次及泉，及桥，及松树，然后才是吾庐，自远而近，秩秩然，井井然。换头以下，又是从庐中望出去底山容山态。然后说到将来的偃湖。脚下几曾乱却一步。虽然苦水如是说，仍不见得不曾辜负稼轩这老汉。何以故？步骤虽然的的如此，却不是稼轩独擅，即亦不能以此为稼轩绝调。一切作家，谁个笔下又不是有头有尾，有次第，有间架？谁个又许乱说来？他人如是，稼轩亦如是。丈夫自有冲天志，不向如来行处行。

且道如何又是稼轩所独擅的绝调。自来作家写山，皆是写它淡远幽静，再则写它突兀峻厉。稼轩此词，开端便以万马喻群山，而且是此万马也者，西驰东旋，踠足郁怒，气势固已不凡，更喜作者羁勒在手，故能驱使如意。真乃倒流三峡，力挽万牛手段。不必说是超绝今古，要且只此一家。但如果认为稼轩要作一篇翻案文字，打动天下看官眼目，则大错，大错。他胸中原自有此郁勃底境界，所以群山到眼，随手写出，自然如是，实不曾有心要与古人争胜于一字一句之间，又何曾有心要与古人立异？天下看官眼目，又几曾到他心上耶？

虽然，是即是，终嫌他太粗生。稼轩似亦意识及此，所以接说珠溅、月弓，是即是，却又嫌他太细生。待到交代过十万松后，换头以下，便写出“磊落”“雍容”“雄深雅健”，有见解，有修养，有胸襟，有学问，真乃掷地有声。后来学者，上焉者硬语盘空，只成乖戾；下焉者使酒骂座，一味叫嚣。相去岂止千里万里，简直天地悬隔。而且此处说是写山固得，说是这老汉夫子自道，又何尝不得。

写到此处，苦水几番想要搁笔，未写者不复再写，已写者也思烧去。饶我笔下生花，舌底翻澜，葛藤到海枯石烂，天穷地尽，数十页《稼轩词说》，何曾搔着半点痒处？总不如辛老子自作自赞，所供并皆诣实。读者若于此会去，苦水词说，尽可以不写，亦尽不妨写。若也不然，则此“词说”定是烧去始得。

满江红

稼轩居士花下与郑使君惜别，醉赋。侍者飞卿奉命书

莫折荼蘼，且留取一分春色。还记得青梅如豆，共伊同摘。少日对花浑醉梦，而今醒眼看风月。恨牡丹笑我倚东

风，头如雪。

榆荚阵，菖蒲叶，时节换，繁华歇。算怎禁风雨，怎禁鹈鴂？老冉冉兮花共柳，是栖栖者蜂和蝶。也不因春去有闲愁，因离别。

花下伤离，醉中得句，侍儿代书，此是何等情致。待到一口气将九十许字读罢，有多少人嫌他忒煞质直。杜少陵诗曰："黄四娘家花满蹊，千朵万朵压枝低。"杨诚斋诗却说："霜干皴裂臂来大，只著寒花三两个。"若只许他蜀中黄四娘家千朵万朵，不许他绍兴府学门前寒花霜干，得么？

换头自"榆荚阵"直至"怎禁鹈鴂"，虽非金声玉振，要是斩钉截铁，一步一个脚印，正是辛老子寻常茶饭，随缘生活。及至"老冉冉兮花共柳，是栖栖者蜂和蝶"，多少人赞他前用《离骚》，后用《论语》，真乃运斤成风手段。

苦水却不如是说。若谓冉冉出屈子，栖栖出圣经，所以好，试问花共柳、蜂和蝶，又有何出处？上面恁么冠冕堂皇，底下恁么质俚草率，岂非上身纱帽圆领，脚下却著得一双草鞋？须看他"老冉冉兮花共柳"是怎的般风姿？"是栖栖者蜂和蝶"是怎的般情绪？要在者里，体会出一个韵字来，方晓得稼轩何以不求与古人异，而自与古人不同；何以虽与古人不同，却仍然与古人神合。隔岸观火之徒，动是说："如教坊雷大使之舞，虽极天下之工，要非本色。"苦水却笑他如何不说：虽非本色，要极天下之工乎？且夫所谓本色者何也？山定是青，水定是绿，天定是高，地定是卑，若是之谓本色欤？大家如此说，我不如此说，便非本色。苟非真切体会，纵如此说了，又何异瞎子所云之“诸公所笑，定然不差”？假如真切体会了，便不如此说，亦何尝不是本色？且稼轩如此写，岂非正是稼轩本色乎？若谓只是太粗生，则何不思：无性情之谓粗，没道理之谓粗，稼轩此词，至情至理，粗在什么处？你道涂粉抹脂，便是细么？揭起那一层涂抹，十足一个黄脸婆子，面疱雀斑，青痣黑疤，累积重叠，细在什么处？

水龙吟

登建康赏心亭

楚天千里清秋，水随天去秋无际。遥岑远目，献愁供恨，玉簪螺髻。落日楼头，断鸿声里，江南游子，把吴钩看了，阑干拍遍，无人会，登临意。

休说鲈鱼堪脍，尽西风季鹰归未。求田问舍，怕应羞见，刘郎才气。可惜流年，忧愁风雨，树犹如此。倩何人，唤取红巾翠袖，揾英雄泪。

千古骚人志士，定是登高远望不得。登了望了，总不免泄漏消息，光芒四射。不见阮嗣宗口不臧否人物，一登广武原，便说：“时无英雄，遂使竖子成名。”陈伯玉不乐居职，壮年乞归，亦像煞恬退。一登幽州台，便写出“念天地之悠悠，独怆然而涕下”。况此眼界极高，心肠极热之山东老兵乎哉？

此《水龙吟》一章，各家词选录稼轩词者，都不曾漏去。读者太半喜他“落日楼头”以下七个短句，二十七个字，一气转折，沉郁顿挫，长人意气。但试问此“登临意”，究是何意？此意又从何而来？倘若于此含糊下去，则此七句二十七字便成无根之木，无源之水，与彼大言欺世之流，又有何区别？何不向开端两句会去？此正与阮嗣宗登广武原、陈伯玉登幽州台一样气概，一样心胸也。而且“千里清秋”，“水随天去”，浩浩落落，苍苍茫茫，一时小我，混合自然，却又抵拄枝梧，格格不入，莫只作开阔心胸看去。李义山诗曰：“花明柳暗绕天愁，上尽层楼更上楼。欲问孤鸿向何处？不知身世自悠悠。”与稼轩此词，虽然花开两朵，正是水出一源。此处参透，下面“意”字自然会得。好笑学语之流，操觚握笔，动即曰，无人知，没人晓，只是你自己胸中没分晓。试问有甚底可知可晓？即使有人知得晓得了，又有什么要紧？偏偏要说无人知，没人晓，真乃痴人说梦也。

前片中“遥岑”二句，大是败阙。后片中用张翰事，用刘先主事，用桓温语，意只是说，欲归又归不得，不归亦是空度流年。但总不能浑融无迹。到结尾“红巾翠袖，揾英雄泪”，更是忒煞作态。若说责备贤者，苦水词说并非《春秋》，若说小德出入，正好放过。

八声甘州

夜读《李广传》不能寐，因念晁楚老杨民瞻约同居山间，戏用李广事，赋以寄之

故将军饮罢夜归来，长亭解雕鞍。恨灞陵醉尉，匆匆未识，桃李无言。射虎山横一骑，裂石响惊弦。落魄封侯事，岁晚田园。

谁向桑麻杜曲，要短衣匹马，移住南山。看风流慷慨，谈笑过残年。汉开边功名万里，甚当时健者也曾闲。纱窗外，斜风细雨，一阵轻寒。

《白雨斋词话》曰："稼轩词中之龙也。"因忽忆及小说一则：一龙堕入塘中，极力腾踔，数尺辄坠，泥涂满身，蝇集鳞甲。凡三日。忽风雨晦冥，霹雳一声，龙便掣空而去云云。苦水读辛词，虽不完全肯《白雨斋词话》，但于此《八声甘州》一章，却不能不联想到小说中所写之堕龙。看他开端二语，夭矫而来，真与一条活龙相似。但逐句读去，便觉此龙渐渐堕落下去。"匆匆"者何也？或是草草之意耶？"匆匆未识"，以词论之，殊未见佳。"桃李无言"，虽出《史记·李广传》后之"太史公曰"，用之此处，不独隔，亦近凑。"落魄"两句便是因地一声堕入泥中。《传》中明说，李广不言家产事；"田园"二字，作何着落？换头云"谁向桑麻杜曲"，是又不事田园也。

“短衣匹马”出杜诗，是说看李将军射虎，非说李将军射虎也。“匹马”字与前片“雕鞍”字、“一骑”字重复，是龙在塘中，泥涂满身，蝇集鳞甲时也。“风流慷慨，谈笑过残年”，纵然极力腾踔，仍是不数尺而坠。直至“汉开边”十五个字，方是风雨晦冥，霹雳一声，掣空而去。龙终究是龙，不是泥鳅耳。至“纱窗外，斜风细雨，一阵轻寒”，则是满天云雾，神龙见首不见尾矣。

昔者奉先深禅师与明和尚同行脚，到淮河，见人牵网，有鱼从网透出。师曰：“明兄，俊哉，一似个衲僧。”明曰：“虽然如此，争如当初不撞入罗网好？”师曰：“明兄，你欠悟在！”苦水今日，断章取义，采此一节，说此一词，得么？虽然，似即似，是则非是。

汉宫春

立春

春已归来，看美人头上，袅袅春幡。无端风雨，未肯收尽馀寒。年时燕子，料今宵梦到西园。浑未辨黄柑荐酒，更传青韭堆盘。

却笑东风，从此便熏梅染柳，更没些闲。闲时又来镜里，转换朱颜。清愁不断，问何人会解连环。生怕见花开花落，朝来塞雁先还。

苦水二十年前读此词时，于换头“却笑”直至“连环”六句，悟得健字诀。今日不妨葛藤一番，举似天下看官。看他三十六个字，曲曲折折写来，逐句换意，不叫嚣，不散涣，生处有熟，熟中见生。说他劲气内敛，潜气内转，庶几当之无愧。尤妙在说“不断”，说“连环”，此三十六个字，便真有不断与连环之妙。若只见他声东击西，指南打北，而不见他谨严绵密，岂非既负古人，又误自己。苦水于此处有个悟入，决不敢说从此一切珍宝皆归吾有。然而亦颇有一番小小受用。不过今日若遇有人来共苦水商略此词，苦水却要举他前片开端二句。若论“春已归来”，实实不见有甚奇特。但“美人头上，袅袅春幡”八字上，加之以“看”，却何等风韵，何等情致。夫美人头上，金步摇，玉搔头，尚矣。又若簪花贴翠，亦其常也。今日何日？忽然于金玉花翠之外，袅袅然而见此春幡焉。春归来乎？诚哉其归来也。况且虽曰立春，而馀寒尚烈，花未见其开也，柳未见其青也，又何从得见春之归来乎？今不先不后，近在目前，突然于美人头上，见此春幡之袅袅然，则一任馀寒之尚烈，花之未开，柳之未青，而春固已归来矣。亦何须乎寒之转暖，而梅之熏与柳之染也耶？近代人论文，动曰经济，即此便是经济。动曰象征，即此便是象征。动曰立体描写，即此便是立体描写。古人曰：“状难写之景，如在目前，含不尽之意，见于言外。”亦复即此便是。《四库书目提要》说辛老子词“于剪翠刻红之外，别立一宗”。别立一宗且置，即此岂非剪翠刻红底真本领？一般又道辛词非本色，即此又岂不是稼轩底惟大英雄能本色也？葛藤半日，只说得“美人头上袅袅春幡”，尚漏去“看”字未说。要会这个“看”字么？但看去即得。

周止庵说：“稼轩由北开南；梦窗由南追北。”开南不见得，要且屹然于南北之外。但“年时燕子”十一字，却是南宋词人气味，思致既深，遂成为隔。集中此等处，时时而有。要一一举来，即是起哄，且休去。

祝英台近

晚春

宝钗分，桃叶渡，烟柳暗南浦。怕上层楼，十日九风雨。断肠片片飞红，都无人管，更谁劝啼莺声住。

鬓边觑，试把花卜归期，才簪又重数。罗帐灯昏，哽咽梦中语：是他春带愁来，春归何处，却不解带将愁去。

有人于此词，特举他结尾三句，说是出自赵德庄《鹊桥仙》，而赵又体之李汉老咏杨花之《洞仙歌》云云。又解之曰：“大抵后辈作词，无非前人已道底句，特善能转换耳。”苦水谓此论他人词或者也得，然非所论于稼轩。因为这老汉处处要独出手眼，别开蹊径也。偶尔不检，落在古人窠臼里，却是他二时粥饭，杂用心处。学人如何得在此等处认取他？

苦水廿年前读此词，于前片取“怕上层楼”九字，于后片亦取此结尾三句。近日看来，俱不见有甚好。一首《祝英台近》，只说得没奈何三个字。

说起没奈何来，自韦端已、冯正中，多少词人跳这个圈子不出。稼轩这位山东老兵拈笔填词，表现手段，有时原也推倒智勇。但一腔心绪，有时也便与古人一鼻孔出气，也还是没奈何三字。不过前片“怕上”九字，后片结尾三句，没奈何尚是物而非心；尚是贫无立锥，不是连锥也无。既是怕上，不上即得；春既不曾带得愁去，也只索由它。所以者何？权非已操，即责不必自负也。

今日看来，倒是“试把花卜归期，才簪又重数”十一个字，是心非物，是连锥也无，真是没奈何到苦瓠连根苦。夫花本所以簪之也，词却曰“才簪又重数”，则其簪之前，固已曾数过矣，已曾卜过归期矣。若使数过卜过而后簪，如今又复摘下重数，则其于花，意固不专在于簪也。意不在于簪，故数过方簪，簪过重数。则其重簪之后，谁能必其不三数三簪，四数四簪，且至于若干簪若干数，若干数若干簪耶？

内心如此拈掇不下，如此摆布不开，较之风与雨，春与愁，其没奈何固宜有深浅之别矣。六祖曰：“非风动，非幡动，仁者心动。”其斯之谓欤？

此章与前《汉宫春》章，有人说俱是讽刺时事。苦水谓如此说亦得。但苦水却绝不是如此说。所以者何？譬如伤别之人，见月缺而长吁，睹花落而下泪，其心伤原不专在月之圆缺，花之开谢，但机缘触磕，学者又不可放过花月，一味捉住伤别，去打死蛇。否则是只参死句，不参活句也。杜少陵即使真个每饭不忘君，也须是情真见实，方才写得好诗。若情不真，见不实，只按定“每饭不忘君”五字作去，便是村夫子依高头讲章作应举制义，揞黑豆和尚傍文字说禅伎俩。诗法未梦见在。

江神子

和陈仁和韵

宝钗飞凤鬓惊鸾，望重欢，水云宽。肠断新来，翠被粉香残。待得来时春尽也，梅结子，笋成竿。

湘筠帘卷泪痕斑，珮声闲，玉垂环。个里温柔，容我老其间。却笑平生三羽箭，何日去，定天山。

此章是稼轩和韵之作。看他集中此调前一章也是这几个韵脚，明明注出“和陈仁和韵”，便可证知。步线行针，左右逢源，直似原唱，技术之高，固已绝伦，而性情之真，尤见本色。只如“待得来时”十三个字，又是值得读者身死气绝底句子也。夫所思者而不来，真乃无地可容，此生何为。若所思者而既来，则不只是哑子掘得黄金，而且天上掉下活龙，固宜一切圆满，无不如意矣。稼轩却曰“春尽也，梅结子，笋成竿”焉。是则一错既铸，百身莫赎，直合天地，可世界，成一个没量大底没奈何也，如何而使读者不身为之死气为之绝乎哉？

不过不免又有人说是性情语，非学问语。若有人真个以此为问，苦水则答之曰：所谓学问者何也？学问如有别解，则吾不敢知。若是会物我，了生死，明心性之谓，则稼轩此等处，虽非学问语，却正是德山棒，临济喝手段。会底自然于喝下棒下大彻大悟去在。若于棒喝下死去，虽未得向上关捩子，尚不失为识痛痒。若既不能死，又不肯活，痛痒亦复不知，正是所谓佛出也救不得，一个山东大兵，又好中底用？

若谓苦水于此，是为老辛辩护，即又不然。苦水原不曾说这个便是学问语。但是，千古诗人，说到学问，怕只有彭泽老子一位。李太白杜少陵，饶他两个“寤寐思服”，有时也还是“求之不得”。争怪得稼轩一人？况且稼轩一说到陶公，便一力顶礼赞美，顶礼得自然是心悦诚服，赞美得也是归根究底，莫只道他没学问好。

后片大意是说住在温柔乡中，便没日去定天山。苦水却不肯他。温柔乡住得住不得，干他定天山何事？若是定得天山底人，住得温柔乡，也不碍去定。如其不然，纵然不住温柔乡，天山依旧定不得。但如此说了，老辛还是不服输。要使他服输，不如说他文采不彰。且道如何是彰底文采？开端“宝钗飞凤鬓惊鸾”是。亦且莫看他凤钗鸾鬓。“飞”字“惊”字是句中眼。要识取稼轩句法字法，且不得放过。

破阵子

为陈同甫赋壮词以寄之

醉里挑灯看剑，梦回吹角连营。八百里分麾下炙，五十弦翻塞外声，沙场秋点兵。

马作的卢飞快，弓如霹雳弦惊。了却君王天下事，赢得生前身后名。可怜白发生！

右一章[①]各家词选太半收录。苦水选时，几番想要割爱，终于保留。比来说词，又几番想要剔出，此刻仍然未能放过。

有人读此词，嫌他直率，有人却又爱他豪放。是非未判，爱憎分明。苦水于此词，既是一手抬，一手搦，于上二说亦是半肯半不肯。看他自开首“醉里”一句起，一路大刀阔斧，直至后片“赢得”一句止，稼轩以前作家，几见有此。若以传统底词法绳之，似乎不谓之率不可得也。苦水则谓一首词前后片共是十句，前九句真如海上蜃楼突起，若者为城郭，若者为楼阁，若者为塔寺，为庐屋，使见者目不暇给。待到“可怜白发生”，又如大风陡起，巨浪掀天，向之所谓城郭、楼阁、塔寺、庐屋也者，遂俱归幻灭，无影无踪，此又是何等腕力，谓之为率，又不可也。

---

① 原稿为竖排，即上一章。

复次，稼轩自题曰“壮词”，而词中亦是金戈铁马，大戟长枪，像煞是豪放。但结尾一句，却曰“可怜白发生”。夫此白发生，是在事之了却、名之赢得之前乎？抑在其后乎？苦水至今尚不能明了老辛意旨所在。如在其前，则所谓金戈铁马大戟长枪也者，仅是贫子梦中所掘得之黄金，既醒之后，四壁仍然空空，其凄凉怅惘更不可堪。如在其后，则虽是二十年太平宰相，勋业烂然，但看看钟鸣漏尽，大限将临，回忆前尘，都成虚幻，饶他踢天弄井本领，无奈他腊月三十日到来，于此施展手脚不得。此又是千古人生悲剧，其哀苦愁凄，亦当不得。谓之豪放，亦是皮相之论也。夫如是，则白发之生于事之了却名之赢得之前之后，暂可勿论。总而言之，统而言之，稼轩这老汉作此词时，其八识田中总有一段悲哀种子在那里作祟，亦复忒煞可怜人也。

其实又岂止此一首？一部《稼轩长短句》，无论是说看花饮酒，或临水登山；无论是慷慨悲歌，或委婉细腻，也总是笼罩于此悲哀的阴影之中。此理甚明，倘无此种子在八识田中作祟，亦无复此一部“长短句”也。不须苦水饶舌，读者自会去好。

抑更有进者，陶公号称千古隐逸诗人之宗，苦水却极肯朱晦庵所下豪放二字批评。又有一好友告我：昔时或逢愁来，不得开交，取陶诗读之，心便宁静。如今愁时读了，愈发摆布不下。此语于我心有戚戚焉。此理亦甚明，如果渊明老子只是一味恬适安闲，亦便不须再写诗也。同例，世人于老辛之为人，动是说他英雄，于其为词，动是说他粗豪，已是知人知面不知心，又有人说他填词是散仙入圣。世之人要且只会他散仙，不会他入圣。如何是入圣底根苗？不得放过，细会去好。倘若会不得，画蛇添足，恰好有个譬喻。玄奘法师在西天时，见一东土扇子而生病。又有一僧闻之，赞叹道："好一个多情的和尚。"病得好，赞叹得亦是。假如不能为此一扇而病，亦便不能为一藏经发愿上西天也。周止庵曰："稼轩固是才大，然情至处后人万不能及。"又曰："稼轩敛雄心，抗高调，变温婉，成悲凉。"苦水曰：如是，如是。

秦会之有言："做官如读书，速则易终而少味。"此语甚妙。如引而申之，不独似惜福之语，且亦大似见道之言也。张宗子为其弟燕客作传，亦引会之此言，且病燕客以欲速一念，受鲁莽灭裂之报，趣味削然，不堪咀嚼。而结之曰："孰意吾弟之智，乃出秦桧下哉？"宗子是妙人，固应又有此妙语。这也不在话下。苦水则谓秦会之此语，不独是做官与读书之名言，如改速为好尽，亦可以之论文。要说辛老子为人，才情学识，原自旷代难逢。其填词亦尽有不朽之作。他原是谥忠敏底人，似乎不好与缪丑公并论。但其填词的技术，有时大不如会之做官的体会。所以老辛有时亦如宗子令弟之趣味削然，不堪咀嚼。于此将不免为缪丑公所窃笑也。大概作文固当应有尽有，亦须应无尽无。稼轩之于词，大段不及晚唐之温韦，北宋之晏欧，或者是他只作到应有尽有，而不曾理会得应无尽无之故，亦未可知。好好一部《稼轩长短句》，好好一位辛幼安，今日被苦水拉来，说东话西，且与会之相比，冤枉杀，冤枉杀。圣人有云：“不得中道而与之，必也狂狷乎。”静安先生不亦曰“稼轩词中之狂”乎。学人莫错会苦水意好。况且苦水如今写此词说，尚作不到应有尽有，有甚嘴脸说他辛老子作不到应无尽无。

上卷说毕。续说下卷。

凡自己做事若自觉清高，

那他心里就浑浊；

自觉风雅，

那他心里就庸俗。

卷 下

感皇恩

读《庄子》，闻朱晦庵即世

案上数编书，非“庄”即“老”，会说忘言始知道。万言千句，不自能忘堪笑。今朝梅雨霁，青天好。

一壑一丘，轻衫短帽，白发多时故人少。子云何在，应有《玄经》遗草。江河流日夜，何时了。

曩与家六吉论诗，六吉主无意，当时余颇不然之。比来觉得无意两字，实有至理。盖诗一有意，非窄即浅，为意有竟故。王静安先生论词，首拈境界，甚为具眼。神韵失之玄，性灵失之疏，境界云者，兼包神韵与性灵，且又引而申之，充乎其类者也。樊志厚为《人间词乙稿》作序，则又专标意境；且离意与境为二义。其言曰：“古今人词之以意胜者，莫若欧阳公。以境胜者，莫若秦少游。至意境两浑，则惟太白、后主、正中数人足以当之。”其评静安先生词曰：“意境两忘，物我一体。”是樊之所谓意境者可知也。六吉之无意，其即两忘与一体之谓乎？必能如是，乃始合乎静安先生所谓之有境界耳。老辛之词，决不傍人门户，变古则有之，学古则不肯。（集中虽亦有效“花间”，效易安之作，只是兴到之笔，却并非其致力所在。）令人真觉有“不恨古人吾不见，恨古人不见吾狂”之概，全仗一意字。但有时率直生硬，为世诟病，亦还是被此意字所累。才富情真，一触即发，尽吐为快，其流弊必至于此。如以此攻击稼轩，则何不思求全责备，古今能有几个完人？况且观过知仁，也正不必为老辛回护。苦水写此词说，有时偶尔乘兴，捉他败阙，其本意却在洗出庐山真面，与世人共鉴赏之也。

此《感皇恩》一章，题曰《读〈庄子〉，闻朱晦庵即世》，明明是个截搭题。若就文论文，此二事原本不必缠夹。譬如良朋高会，看花饮酒，其间不妨更衣便旋，如写之于文，记之以诗，便只有看花饮酒，而无更衣便旋也。今也稼轩却故故将两件并不调和之事，扭在一起，则其有意可知。则其有意要作非复寻常追悼伤感的文字，亦复可知。

再看他开端五句，一把抓住庄子（老子是宾，庄子是主，看题可知），轻轻开一玩笑，遂使这位大师，几乎从宝座上倒头撞下，也只是一个意字底作用。难道稼轩是不肯庄子？决不然，决不然。须知正是极肯他处。试看“今朝梅雨霁，青天好”，真正达到得意忘言境界，真正抉出蒙叟神髓，难道不是极肯他？而且辛老子于此收起平日虎帐谈兵声口。忽然挥起麈尾，善谈名理，令人想起韩蕲王当年骑驴湖上，寻僧山寺风度，果然大英雄非常人也。又有进者，吾人平时，一总是眼罩鱼鳞，心生乱草，遂而捏目生花，扭直作曲。即不然者，亦是许多知解情见，兴妖作怪。今也稼轩于“不自能忘”之下，轻轻将葛藤桩子放倒，放出“今朝梅雨霁，青天好”八个字。古德有言：“此是选佛场，心空及第归。”即此二语岂非即是心空？古德又言：“与桶底脱相似。”即此二语岂非即是桶底脱？仅仅说他意境两忘，物我一如，已是屈他，若再作恬适安闲会去，屈枉杀这老汉了也。待到过片，“一壑一丘，轻衫短帽”，徐徐而来；“白发多时故人少”，渐渐提起；“子云何在，应有《玄经》遗草”，轻轻落题；“江河流日夜，何时了”，微微叹息。辛老子于此，真做到想多情少地步。吾人难道还好说他有性情，没学问？若说虽有《玄经》遗草，而无补于江河日下，是稼轩对道学先生之微词，若说稼轩此时既痛道学之无补，同时又悲自身功业之无成，所以一则曰“故人少”，再则曰“江河流”。苦水曰：也得，也得。要如此会，但不可仅如此会。若说此词好虽是好，只是有欠沉痛在。苦水曰：不然，不然。不见当年邓隐峰到沩山后，见沩山来，即做卧势。沩归方丈，师乃发去。少间，沩山问侍者：“师叔在否？”曰：“已去。”沩曰：“去时有什么语？”曰：“无语。”沩曰：“莫道无语，其声如雷。”

苦水于此，曾下一转语曰：何必如雷？总之，不是无语。如今要会取稼轩此词沉痛处么？向这一段公案细参去好。

青玉案

元夕

东风夜放花千树，更吹落星如雨。宝马雕车香满路。凤箫声动，玉壶光转，一夜鱼龙舞。

蛾儿雪柳黄金缕，笑语盈盈暗香去。众里寻他千百度，蓦然回首，那人却在，灯火阑珊处。

静安先生《人间词话》曰：“古今之成大事业大学问者，必经过三种之境界。‘昨夜西风凋碧树。独上高楼望尽天涯路’：此第一境也。‘衣带渐宽终不悔，为伊消得人憔悴’：此第二境也。‘众里寻他千百度，蓦然回首，那人却在，灯火阑珊处’：此第三境也。”此三种境界，若依衲僧参禅功夫论之，则一是发心，二是行脚，三是顿悟。

苦水如此说，且道是会不会？是具眼不具眼？若道不会不具眼，苦水过在什么处？请会底与具眼底人别下一转语。假若苦水是会，是具眼，纵然得到静安先生印可，与上举三段词，又有甚交涉？静安亦曾理会到此，所以又道：“遽以此意解释诸词，恐为晏欧诸公所不许也。”如今苦水亦只好就词论词，另起一番葛藤。

一首《青玉案》，题目注明是《元夕》，写烟火，写鳌山，写游人，写歌舞，写月光，写闹蛾儿与雪柳，若是别一个如此写，苦水便直截以热闹许之。但以稼轩之才情，之功力论之，苦水却嫌他热闹不起来。

莫道老辛于此江郎才尽好。须知他当此之际，有不能热闹起来底根芽在。要会这根芽，只看他结尾四句便知。夫曰“众里寻他千百度”，则其此夕之出，只为此事，只为此人，彼烟火、鳌山、游人、歌舞、月光、闹蛾儿与雪柳也者，于其眼中心中也何有？

此人而在，此事而成，烟火等等，有也得，无也得。此事而不成，此人而不在，烟火等等，只见其刺目伤心而已。热闹云乎哉？烟火等等，今也亦姑置之，而那人固已明明在灯火阑珊处矣，又将若之何而可？

稼轩平时，倾心吐胆与读者相见，此处却戛然而止，留与读者自家会去。吾辈且不可辜负他。夫那人而在灯火阑珊处，是固不入宝马雕车之队，不逐盈盈笑语之群，为复是闹中取静？为复是别有怀抱？为复是孤芳自赏？要之，不同乎流俗，高出乎侪辈，可断断言。此亦姑置之。若夫“蓦然回首”，眼光霍地一亮，而于灯火阑珊之处而见那人焉，此时此际，为复是欣慰？为复是酸辛？为复是此心跛跳，几欲冲口而出？

不是，不是，再还他一个不是。读者细细体会去好。莫怪苦水不说。倘若体会不出，苍天，苍天！倘若体会得出，不得呵呵大笑，不得点点泪抛，只许于甘苦悲欢之外，酿成心头一点，有同圣胎，须得好好将养，方不辜负辛老子诗眼文心。东坡谓柳仪曹《南涧》诗，“忧中有乐，乐中有忧”，千古绝调。试移此评以评此词，并持柳诗与此词相较，依然似是而非，嫌他忒煞孤寂，有如住山结茅。

杜少陵诗曰“摘花不插鬓，采柏动盈掬，天寒翠袖薄，日暮倚修竹”，似之矣，嫌他忒煞客观。韩翰林诗曰“轻寒着背雨凄凄，九陌无尘未有泥，还是平时旧滋味，漫垂鞭袖过街西”，似之矣，嫌他忒煞寒酸。有一比丘尼得道之后，作得一偈曰：“镇日寻春不见春，芒鞋踏遍岭头云；归来笑捻梅花嗅，春在枝头已十分。”最近之矣，嫌他忒煞沾沾自喜。虽然，纵使苦水写得手酸腕痛，说得舌敝唇焦，要不是末后一句。倘遇好事者流问：末后一句如何说，如何写？苦水将不惜口孽，分明说似，谛听，谛听：“众里寻他千百度，蓦然回首，那人却在，灯火阑珊处。”

结尾尚有不能已于言者，画蛇仍要添足。其一，静安先生虽说是第三境，且不可做第三境会，此与大学问大事业无干。其二，苦水为行文便利，用此语录体裁，且不可做禅会，此与禅宗没交涉。其三，此是文心中一种最高境界，千古秘密，偶被稼轩捉来，于笔下露出些子端倪，钉住虚空，截断众流。苦水词说，只是戏论，堪中底用？学人且自家会去。

临江仙

手捻黄花无意绪，等闲行尽回廊。卷帘芳桂散馀香，枯荷难睡鸭，疏雨暗池塘。

忆得旧时携手处，如今水远山长。罗巾浥泪别残妆。旧欢新梦里，闲处却思量。

一首《临江仙》六十个字，而前片“手捻”后片“携手”，复“手”字；前片“等闲”后片“闲处”，复“闲”字；后片“旧时”“旧欢”，复“旧”字；“携手处”“闲处”，复“处”字。稼轩才大如海，其为长调，推波助澜，担山赶日，不曾有竭蹶之象，何独至此小令，遂无腾挪？岂能挟山超海而不能折枝乎？此正是辛老子豁达处，细谨不拘，大行无亏也。

“枯荷难睡鸭，疏雨暗池塘”，纯是晚唐人诗法。出句写得憔悴，对句写得凄凉，“难”字“暗”字，俱是静中一段寂寞心情底体验。学辛者一死向粗处疏处印定去，合将去，何不向这细处密处，一着眼一用心耶？

然而苦水如是说，只是借此十字，因病下药，一部稼轩长短句，要且不可只在一联两联佳句上会去。老辛岂是与人争胜于一字一句底作家？所以苦水平时又说：与其会佳句，不如会警句。佳句只是表现情景一点小小文字技术，若于此陷溺下去，饶你练到宜僚弄丸，郢人运斤手段，也还是小家子气。若夫警句，则含有静安先生所谓意境者在。

警句二字，亦是假名，又不可认定警字，一味向险处怪处会去。即如此《临江仙》一章，与其取此“枯荷”一联，何如细参开端“手捻黄花无意绪，等闲行尽回廊”两句？“无意绪”之上，冠之以“手捻黄花”；“回廊”之上，而冠之以“等闲行尽”，不独俨然是葩经“爱而小见，搔首踟蹰”气象，而且孤独寂寞之下，绵密蕴藉之中，又俨然是灵均思美人、哀众芳底心事。如但震于“枯荷”一联之烹炼，而忽视开端二语之淡雅，殊未见其可。

鹧鸪天

鹅湖归病起作

枕簟溪堂冷欲秋，断云依水晚来收。红莲相倚浑如醉，白鸟无言定自愁。

书咄咄，且休休，一丘一壑也风流。不知筋力衰多少，但觉新来懒上楼。

曹公诗曰：“老骥伏枥，志在千里；烈士暮年，壮心不已。”真是名句，必如是，乃可谓之为慷慨悲歌耳。然而虽曰“志在千里”，无奈仍是“伏枥”。虽曰“壮心不已”，其奈已到“暮年”。

千古英雄，成败尚在其次。惟有冉冉老至，便是廉颇能饭，马援据鞍，一总是可怜可悲。倒是稼轩此《鹧鸪天》一章，有些像一个老实头，既本分，又本色，遂令人觉得“志在千里”“壮心不已”之为多事也。且道如何是稼轩老实头处？《老学庵笔记》记上官道人之言曰：“为国家致太平与长生不死，皆非常人所能。然且当守国使不乱，以待奇才之出；卫生使不夭，以须异人之至。不乱不夭，皆不待异术。惟谨而已。”

苦水理会得甚的叫作治天下与长生？今日且权假此一则话头来谈文，且与天下学人共做个商量。大凡为文要有高致，而且此所谓高致，乃自胸襟见解中流出，不假做作，不尚粉饰，亦且无丝毫勉强，有如伯夷柳下惠风度始得。不然，便又是世之才子名士行径，尽是随风飘泊底游魂，依草附木底精灵，其于高致乎何有？

但奇才异人，间世而一出，吾人学文固须识好丑，尤不可不知惭愧。是以发愿虽切，着眼虽高，而步武却决不可乱，则谨是已，所谓老实头也。耳之所闻，目之所见，心之所感，虽一草一木，一花一叶，一毫端，一微尘，发而为文，苟其诚也，自有其不可磨灭者在，又何必定要鞭笞鸾凤，呼吸风雷，始为惊世骇俗底神通乎？

依此努力，堆土为山，积水成河，久而久之，自有脱胎换骨白日飞升之日。否亦不失为束身自好之君子。如其不然，躁急者趋于叫嚣，庸弱者流于肤浅；自命为才情，自号为风雅，其俗更不可耐，则不肯守国使不乱，卫生使不夭之害也。尚何有乎治天下与长生不死也耶？

葛藤半日，毕竟于此小词何处见得稼轩之谨，之老实？夫稼轩之人为英雄，志在用世，尽人而知。今也谢事归来，老病侵寻，其为此词，微有叹惋，无大感慨，已自难能。且也不学仙，不学佛，是以既不觅长生不死之药，亦不求解脱生死的禅，只将老年情味，酿作一杯清酒，结成一个橄榄，细细品嚼吞咽下去，亦常人，非仙佛故；亦英雄，能担荷故。总之，老实到家而已。所以开头二语，尽去渣滓，大露清光。“红莲”一联，更为婉妙。夫“红莲相倚”之“如醉”固已；至若“白鸟”之“无言”，何以知其是愁，且又加之以“定”耶？然而说“定”便决是定也。

换头以下三句，不见得好，承上启下，只得如此。待到结尾两句，却实在好。但细按之，此有何好？亦只是不谎，不诈，据实报销，又是道道地地老实头也。况蕙风曰：“‘不知’二句入词佳，入诗便稍觉未合，词与诗体格不同处，其消息即此可参。”

苦水曰：如此没要紧语，说他则甚？假使真个向者里参去，即使会了，又有甚干涉？倒是《白雨斋词话》说他“信笔写去，格调自苍劲，意味自深厚，不必剑拔弩张，洞穿已过七札”：有些儿道着也。

鹊桥仙

己酉山行书所见

松冈避暑，茅檐避雨，闲去闲来几度。醉扶怪石看飞泉，又却是前回醒处。

东家娶妇，西家归女，灯火门前笑语。酿成千顷稻花香，夜夜费一天风露。

周止庵曰：“苏辛并称，苏之自在处，辛偶能到；辛之当行处，苏必不能到。”知言哉，知言哉。稼轩性情、思致、才力，俱过人一等，故其发之于词也，或透穿七札，或光芒四照，而浑融圆润，或隔一尘，故宜其多当行而少自在。

即如此《鹊桥仙》一章，岂非可谓为作之自在者，然而细按下去，便觉得仍是当行有馀，自在不足。夫“松冈”“茅檐”，“避暑”“避雨”，旧时数曾“闲去闲来”，岂非自在？

然而“醉扶怪石看飞泉”，只缘“怪”字“飞”字，芒角炯炯，遂使“扶”字“看”字，亦不免着迹露象。至“又却是前回醒处”，草草看去，亦只是寻常回忆，但“又却是”三个极平常字，使人读之，又觉得有如少陵所谓“万牛回首丘山重”。如此小景，如此琐事，如此写去，狮子搏象用全力，搏兔亦用全力，如是，如是。

至于过片“东家娶妇，西家归女”，本是山村中极热闹场面，“灯火门前笑语”，短短一句，轻轻托出，而情景宛然，岂非自在？但“酿成千顷稻花香，夜夜费一天风露”两句，虽极力藏锋，譬之颜平原书小字《麻姑仙坛记》，浑厚之中，依然露出作大字时握拳透爪意度。所以稼轩此处用“酿成”，用“费”，用“千顷”，用“一天”，仍是当行而非自在。要其功力情致，能以自举其坚，世之人遂有只以自在目之者耳。若以恬适视之，则去之益远。所以者何？

稼轩这老汉有时虽能利用闲，却一生不会闲。但如要说他不会，不如说他不肯会。这老汉如何肯在无事甲里坐地乎？苦水平时读山谷诗，最不喜他“看人获稻午风凉”一句。觉得者位大诗人不独如世所谓严酷少恩，而且几乎全无心肝。获稻一事，头上日晒，脚下水浸，何等辛苦？“午风凉”三字，如何下得？可见他是看人，假使亲手获稻，还肯如此写，如此说么？

苦水时时疑着天下之所谓恬适者，皆此之类。试看陶公“种豆南山下”一章诗，是怎的一个意态胸襟？便知苦水说山谷全无心肝之并非深文周内也。闲话休提，如今且说稼轩此二语所以并非恬适，不是自在底原故。夫“娶妇”“归女”，“灯火”“笑语”，像煞一个太平景象矣。然而要“千顷稻花香”，也须是费他夜夜“一天风露”始得。不见六一《丰乐亭记》道：“幸生无事之时也。”若是常人，幸生便了。稼轩则非常人也，自然胸中别有一番经纶，教他从何处自在起？从何处闲起？从何处恬适起？

然则辛词只作到个当行即得，不自在也罢。

鹊桥仙

赠鹭鸶

溪边白鹭，来吾告汝：溪里鱼儿堪数。主人怜汝汝怜鱼，要物我欣然一处。

白沙远浦，青泥别渚，剩有虾跳鳅舞。听君飞去饱时来，看头上风吹一缕。

词中有所谓俳体者，颇为学人诟病。苦水却不然。窃以为俳体除尖酸刻薄、科诨打趣及无理取闹者外，皆真正独抒性灵之作也。以其人情味独重故。词之初兴，作者本无以正统文学自居之观念，且亦无取诗而代之之野心。俳体虽不为士大夫所尚，而亦不为士大夫所鄙弃，间有所作，其高者真有当于温柔敦厚之旨。如只以清新活泼目之，尚是皮相之论也。

自白石梦窗而后，一力趋于清真雅正，吾亦不识其所谓清真雅正，果到如何程度。要之学力日深，天机日浅，而吾之所谓俳体者，乃遂窒息以死于士大夫之笔下矣，是真令人不胜其惋惜之至者也。

即如稼轩此词，忽然对着鹭鸶，大开谈判，大发议论，岂不即是俳体？然而何其温柔敦厚也。是盖不独为俳体词之正宗，即谓为一切词皆应如此作，一切诗文皆应如此作，即做人亦应如此做，亦何不可之有？

开端二语，莫单单认作近代修辞学中之拟人格，情真意挚，此正是静安先生所谓之“与花鸟共忧乐”，而亦即稼轩词中所谓之“山鸟山花好弟兄”也。“溪里鱼儿堪数”，写得可怜，便有向白鹭告饶之意。至“主人怜汝汝怜鱼，要物我欣然一处”，辛老子胸襟见解，一齐倾倒而出，不须苦水饶舌。

然白鹭生性，以鱼为养，如今靳其食鱼，岂非绝其生路？主人怜鱼，固已。若使鹭也怜鱼，则怜鹭之谓何也？是以过片又听其飞去沙浦泥渚，尽饱虾鳅，且嘱其饱食重来，何以故？怜之也。

此等俳体，是何等学问，民胞物与，较之谈风月，说仁义，是同是别？不此之会，而徒以游戏视之，错下一转语，五百世堕野狐身，更不须说，吃棒有分。

或有人问：审如辛言，为主人，为鹭，为鱼，计已三得。奈虾鳅何？不见当年世尊在室罗筏城，祇园精舍，为大众演说戒杀，亦令比丘食五净肉。且曰：“如婆罗门地多蒸湿，加以沙石，草莱不生。我以大悲神力所加，因大慈悲，假名为肉，汝得其味。”如今辛老告彼白鹭听饱虾鳅，亦同此义。然如此说，是出世法。如依世法，则彼虾鳅，只堪鹭食。譬如莳花，必芟恶草，佳花始茂。倘若怜草，如何怜花？倘若怜花，无须怜草。鹭饱虾鳅，其义犹是。颇有人问：葛藤至是，有剩义无？

苦水应曰：今我所说，至是为止，皆是剩义，非第一义。如何方是其第一义？俟于下节，续起葛藤。

夫苦水之说此词也，先从论俳词入手，此自是论俳词，何干于稼轩之此词？继之又论稼轩之见解，有如说教，何干于稼轩之此词？若此词之所以为词，其第一义，其画龙点睛处，则结尾之“听君飞去饱时来，看头上风吹一缕”是已。昔支道林爱马，或病道人畜马不韵。支曰：“道人爱其神骏。”妙哉此言，必如是乃可以超凡入圣，可以解脱生死，可以升天成佛。

世之学佛学道者动曰：我心如槁木死灰。信斯言也，则槁木死灰之悟道成佛也久矣，有是理也哉？明乎此，则白鹭头上之一缕风吹，虽非神骏，然一何俊耶？明乎此，则主人怜汝之怜为非阿私也。明乎此，则作文须有高致者，又岂特思过半而已哉？吾之所谓第一义者，于是乎在。盖必有是，乃可成为词，无前此之“物我欣然”无害也。

苟其无是，则不成其为词，虽有前此之“物我欣然”，干巴巴地说道谈理，不几于学佛学道者之心如槁木死灰乎哉？以是而曰民之吾胞，物之吾与，其孰能信之？于是苦水说此词第一义竟。

忆苦水幼时曾闻先君子举一首打油诗，亦是咏鹭鸶者，曰：“好个鹭鸶儿，毛羽甚皎洁：青天无片云，飞下一团雪。”试以此无名氏之打油诗，较诸辛稼轩之《鹊桥仙》词，学人将无不笑苦水为刻画无盐，唐突西子。然而请勿笑也。往古来今所有咏物诗，不类如此打油诗之刻舟求剑，以至于木雕泥塑者几何哉？

西江月

夜行黄沙道中

明月别枝惊鹊，清风半夜鸣蝉。稻花香里说丰年，听取蛙声一片。

七八个星天外，两三点雨山前。旧时茅店社林边，路转溪桥忽见。

作诗词而说明月，滥矣。明月惊鹊，用曹公“月明星稀，乌鹊南飞”句，亦是尽人皆知之事，不见有甚奇特。但曰“明月别枝惊鹊”，则簇簇新底稼轩词法也。作诗词而曰清风，滥矣。清风鸣蝉，则王辋川诗固已云“倚杖柴门外，临风听暮蝉”矣，亦不见有甚生色。但曰“清风半夜鸣蝉”，则簇簇新底稼轩词法也。而此尚非稼轩之绝致也。至“稻花香里说丰年，听取蛙声一片”，则苦水虽曰古今词人惟有稼轩能道，亦不为过。

鼻之于香也，耳之于声也，哪个诗人笔下不写？今也稼轩则曰“稻花香”，曰“蛙声”。稻花亦花，而与诗词中常见之花异矣。至于蛙声，则固已有人当作一部鼓吹，或曰“青草池塘处处蛙”矣。而皆非所论于稼轩也。所以者何？彼数少，此数多；彼声寡，此声众故。即曰不尔，而彼虽曰一部，曰处处，其意旨固在于清幽寂静。今也稼轩于漫漫无际静夜之下，漠漠无垠稻田之中，而曰“听取蛙声一片”，其意旨则在于热闹喧嚣，而不在于清幽寂静也。若是则此所谓蛙声与他人所谓蛙声也者，又异已。夫稼轩于此，其意果只在于写阵阵稻花香之扑鼻，阵阵鸣蛙声之聒耳乎哉？果只如是，不碍词之为佳词；果只如是，则稼轩之所以为稼轩者何在？

稼轩之词，固以意胜。以意胜，则不能无所谓。此稻花香中蛙声一片，固与《鹊桥仙》中之“千顷稻花”“一天风露”，同其旨趣。然彼曰“酿成”，此曰“丰年”，彼为因，为辛苦；此为果，为享受。“稻花香里说丰年，听取蛙声一片”，真乃鼓腹讴歌，且忘帝力于何有，千秋之盛事，而众生之大乐也。而稼轩之所以为稼轩者乃于是乎在。尚何须说“别枝惊鹊”“半夜鸣蝉”之簇簇新，与夫稻花鸣蛙之于鼻根耳根，异乎其他诗人词人所染之香尘声尘也耶？

复次，过片“七八个星天外，两三点雨山前”一联，粗枝大叶，别具风流。元遗山《论诗绝句》盛称退之《山石》句之有异于女郎诗。持以较此，觉韩吏部虽然硬语盘空，而饰容作态，尚逊其本色与自然。此种意境，此种句法，入之小词，一似太古遗民，深山老农，布袄毡笠，索带芒屦，闯入措大堂上，歌舞场中，举止生硬，格格不入，而真挚之气，古朴之容，有使若辈不敢哂笑者在。又如闭关老僧，千峰结茅，破衲遮身，嘴与瓶钵，一齐挂壁，使口里水漉漉地谈心说性之堂头大和尚见之，亦似蚊子上铁牛，全无下嘴处。如谓此非词家正宗，何不一读杜少陵之七言绝句？如谓工部七绝亦不见怎的，亦非诗家正宗，则苦水亦只有自恨虽不能如云门老汉一棒将世尊打煞与狗子吃，也将老杜活埋却了，图得个天下太平也。

如今莫惹闲气，且说此词末尾之“旧时茅店社林边，路转溪桥忽见”。学人且不可说辛老子至此理屈词穷，貂不足，将狗尾续也。试思旅途深夜，人困马乏，突然溪桥路转，林边店在，则今宵之茶香饭饱，洗脚上床，便有着落，此是何等乐事？盖一首小词，五十个字，无不是写一乐字。这老汉先天下忧，后天下乐，词中写没奈何处，比比皆是。若夫乐则固未有乐于是篇者矣。或曰：苦水何以便知稼轩今夜定歇此店？情知有此问。不见“茅店”二字之上明明冠以“旧时”乎？浮屠尚不三宿桑下，况乎辛老性情过重，感觉极敏，夜行之际，而见此旧时之茅店焉，则眷念往日于此，曾有一碗粗茶、三杯淡酒之因缘，今夕纵不宿此，中心亦安能恝然而已乎？

清平乐

书王德由主簿扇

溪回沙浅，红杏都开遍。鸂鶒不知春水暖，犹傍垂杨春岸。

片帆千里轻船，行人想见攲眠。谁似先生高举，一行白鹭青天。

渔洋论诗，力主神韵。静安先生独标境界，且以为较神韵为探其本。苦水则谓境界可以包神韵，而神韵者，不过境界之一种，但不可曰境界即神韵，譬之马为畜，而畜非马也。苦水于古大家之诗，不喜渔洋。二十年来，并渔洋所主之神韵，遂亦唾弃之。近年始觉渔洋之诗，诚不足以言神韵，而渔洋对神韵之认识，亦只在半途，故不独其身后无多沾溉，即其生前，门下亦寂若寒灰。

然论中国诗，神韵一名，终为可取而不可废。盖神者何？不灭是。韵者何？无尽是。中国之诗，实实有此境界，如渊明之“采菊东篱下，悠然见南山”，韦苏州之“落叶满空山，何处寻行迹”，孟襄阳之“微云淡河汉，疏雨滴梧桐”，谓之玄妙，谓之神秘，谓之禅寂，举不如神韵二字之得体。此说甚长，且俟他日有机缘时，另细详之，今姑舍是。

苦水平日为学人说词，常谓词富于情致，而乏于神韵。神韵长，情致短，是以每论词未尝不引以为憾。今得辛老子此小令一尊，吾憾或可以稍释乎？题中注明是书王主簿扇，恐是席上匆匆送王罢官归去之作。

前片写景，皆泛语浅语，然过片“片帆千里轻船，行人想见攲眠”，情致已自可念；至“谁似先生高举，一行白鹭青天”，高情远致，不厉不佻，脱俗尘，透世网，说高举便真是高举。笑他山谷老人“江南春水碧于天，中有白鸥闲似我”之未免拖泥带水行也。夫“一行白鹭”之用杜诗，其孰不知之？但若以气象论，那一首七言四句，排万古而吞六合，须还他少陵老子始得。若说化板为活，者位山东老兵，虽不能谓为点铁成金，要是胸具锤炉，当仁不让。

“一行白鹭青天”，删去“上”字，莫道是削足适履好。着一“上”字，多少着迹吃力。今删一“上”字，便觉万里青天，有此一行白鹭，不支拄，不牴牾，浑然而灵，寂然而动，是一非一，是二非二。莫更寻行数墨，说他词中上句“高举”两字，便替却“上”字也。盖辛词中情致之高妙，无加于此词者。如是而词中之情致，可以敌诗中之神韵，而苦水之夙憾，亦可以稍释矣。

记得十五年前，苦水尚在行脚，同参有纯兄者，为说默师当年上堂，曾拈此二语示弟子辈。可惜苦水尔时未得列席，未审老师如何举扬。今姑臆说如上，留待异日求师印可。

南歌子

山中夜坐

世事从头减，秋怀彻底清。夜深犹送枕边声，试问清溪，底事未能平。

月到愁边白，鸡先远处鸣。是中无有利和名，因甚山前，未晓有人行。

者老汉真是可笑。如此小词，也要复“底”字、复“事”字、复“清”字、复“边”字、复“未”字、复“有”字。更可笑是苦水廿馀年读稼轩此词，一见便即成诵，直到如今，时时掂掇，还是此刻手写一过，才觉察出。若说苦水于辛老子是相赏于牝牡骊黄之外，苦水不免惭惶。若说辛老子胆大心粗，更是罪过。何以故？大体还他肌肤好，不擦红粉也风流。

苦水平日披读诗文，辄复致疑：如是云云者，果生于其心，而绝非抄袭与模拟耶？果为由衷之言，而无少粉饰与夸张耶？读“三百篇”、《离骚》、《古诗十九首》与《陶渊明集》，无此疑矣。最后则读稼轩之长短句亦然。苦水非谓辛词即等于“三百篇”、《离骚》、十九首与陶集也。要之，无疑则同然耳。

即如此词，稼轩曰“世事从头减”，苦水即谓其“从头减”。曰“秋怀彻底清”，苦水即信其“彻底清”。此不几于武断盲从乎哉？曰：不然，苟稼轩而非“世事从头减，秋怀彻底清”也，则过片“月到愁边白，鸡先远处鸣”，何为其然而奔赴于辛老子之笔下耶？世之人填胸满腹，万斛俗尘，妄念狂想，前灭后生，即置身于玉阙蟾宫，亦不觉月之为白。

今稼轩则曰“月到愁边白”。此所谓愁，岂棼如乱丝之苦心焦虑哉？静极生愁，静之极也。曹子桓曰：“乐往哀来，怆然伤怀。”所谓哀，亦即所谓愁。岂李陵所云“晨坐听之不觉泪下”之哀哉？

鲁迅先生曰：“静到听出静底声音来。”当此之际，“世事从头减”之诗人，未有不愁者也。于是乃益感于白月之白也。六一词曰：“寂寞起来褰绣幌，月明正在梨花上。”寂寞者何？愁也。月上梨花者何？白也。若夫“鸡先远处鸣”者，抑又何也？

老杜诗曰：“遮莫邻鸡下五更。”曰“邻”，则近也。世之人而有耳，而不聋，而五更头不盹睡如死汉者，固莫不闻近处之鸡鸣矣。至于远处鸡声之先鸣，则固非“世事从头减，秋怀彻底清”之大诗人不能闻之也。且山中静夜，独坐无眠，而远处鸡声，忽首先破空穿月而至，已复沉寂于灏气清露之中，一何其杳冥也？一何其寥廓也？而且愈益增加世事之减、秋怀之清也。夫如是，将不独苦水无疑于辛老子之“世事从头减，秋怀彻底清”，盖举天下之人，殆无一而不信之者也。

至于前片之后二语，与后片之后二语，不知何以稼轩于事减怀清之际，乃忍于出此。是殆举“世事”十字“月到”十字所缔造之境界，酿成之空气，尽摧拉之而无馀也。虽然，稼轩之所以为稼轩，亦可于此消息之。观过知仁，苦水前已数言之矣。

生查子

题京口郡治尘表亭

悠悠万世功，矻矻当年苦。鱼自入深渊，人自居平土。红日又西沉，白浪长东去。不是望金山，我自思量禹。

悠悠之功，矻矻之苦，何也？鱼之入渊，人之居陆，是已。盖水之行地中，民之不昏垫者，于兹三千有馀岁矣。繄何人，何人，何人？则禹是已。稼轩有用世之才之心，故登京口郡治之尘表亭，见西沉红日之冉冉，东去白浪之滔滔，遂不禁发思古之幽情，叹禹乎？自伤也。

具眼学人，且道一首小词，苦水如此拈举，为是会不会？为是辜负不辜负这作者？

不须学人肯苦水，苦水早已先自肯了也。所以者何？词意自明，稍一沉吟，便已分晓，自无错会。虽然错即不错，虽然辜负即不辜负，而苦水拈举此首之旨，却不在乎此。苟审如吾前此之所言，此词固又以意胜，即使力透纸背，不几于有韵之散文乎？词之所以为词者安在？苟审如吾前此之所言，则前片四句与后片结尾二句之间，楔入“红日又西沉，白浪长东去”十个大字，又奚为也？如曰：登高望远，对此茫茫，百感交集，而举头又见依依之落日，滚滚之江涛，吊古悲今，益觉无以为怀，有此二语，便觉阮嗣宗之登广武原尚逊其雄浑，陈伯玉之登幽州台尚逊其悍骛也。如是说，最为近之。然则脚跟仍未点地在。具眼学人又何不于“又”字“长”字会去？

“又”者何？一日一回也。“长”者何？不舍昼夜也。传神阿堵，颊上三毫，尚不足以喻之。稼轩真词家大手笔也。夫必如是说，此词乃可成为词，而不同乎有韵之散文。然而稼轩作词，虽句有句法，字有字法，而者老汉又岂与人较量于字法句法者哉。然则是又不可如此会也。自会去好。苦水说不得。

于是苦水说稼轩词竟。

人同什么开玩笑都可以，

绝不可同自己生活开玩笑，

能同生活开玩笑的人非大英雄即大天才，

我辈绝不可如此。

稼轩写农村

辛老子以“稼”名“轩”，因自以为号，盖始于定居江西时。心折渊明归田躬耕，亦其一端。然集中词如《鹧鸪天》之“却将万字平戎策，换得东家种树书”，《行香子》之“却休殢酒，也莫论文，把相牛经，种鱼法，教儿孙”，尚不免出于愤慨；《临江仙》之“花飞蝴蝶乱，桑嫩野蚕生”，《鹧鸪天》之“陌上柔桑破嫩芽，东邻蚕种已生些。平冈细草鸣黄犊，斜日寒林点暮鸦”，又“千章云木钩辀叫，十里溪风䆉稏香”等等，亦止于客观佳句；至若《满江红》之“春雨满，秧新谷。闲日永，眠黄犊。看云连麦垄，雪堆蚕簇”，《鹊桥仙》之“酿成千顷稻花香，夜夜费，一天风露”，《西江月》之“稻花香里说丰年，听取蛙声一片”，虽与农民未能同甘苦，而能共忧喜，不能以“子非鱼，安知鱼之乐”难之。

千古诗人惟陶公之“平畴交远风，良苗亦怀新”，“晨兴理荒秽，带月荷锄归”高居上头。所以者何？实践胜空想故，参加胜旁观故。

少陵生丁乱世，满目疮痍，戎马生郊，农村凋敝，绝叫“千村万落生荆杞”，“禾生陇亩无东西”。不能有此田家乐也。时代所局，诗圣于此，不得不让词英独步，顾为不为与能不能之间，又不可以不辨耳。

一九五五年十二月二十六日

无论多么愤慨、悲哀、烦恼，绝不能狭小，

狭小的心绝不能成为一个成功的诗人，

特别是伟大的诗人。

说辛词《贺新郎·赋水仙》①

——糟堂笔谈之一

云卧衣裳冷。看萧然、风前月下，水边幽影。罗袜生尘凌波去，汤沐烟波万顷。爱一点、娇黄成晕。不记相逢曾解珮，甚多情、为我香成阵。待和泪，收残粉。

灵均千古《怀沙》恨。记当时，匆匆忘把，此仙题品。烟雨凄迷僝僽损，翠袂摇摇谁整？谩写入、瑶琴《幽愤》。弦断《招魂》无人赋，但金杯、的皪银台润。愁殢酒，又独醒。

冯正中、李后主于词高处只是写而不作，珠玉、六一间有作，而脍炙人口之什亦多是写。自此而下，大抵作多而写少，甚或只作而不写；等而下之，只能作而不能写，又下者并作亦不会，写更无从梦见在。

① 此文中数次提及之“言兄”即周汝昌，顾随曾自号糟堂。

略说之：耆卿滥作，清真软作，白石硬作，梦窗木作，其馀小作或不成作。

东坡、稼轩其也作否？

曰：也只是作。然髯公是随意作，辛老子却是精意作。随意作，故自在；精意作，故当行。

然辛老子亦有随意作时，苏却不能精意作，者就是所以苏之自在处辛偶能到之，辛之当行处苏必不能到也。至于辛之随意作，大失检点而成为率意作（虽然不好说是滥作），说他细行不检也得，泥沙俱下也得，说他彼榛楛之勿剪，累良质而为瑕亦无不得。吾辈固不可不知，要不必介意。效颦之流专学此病，譬之学孔子专学其不撤姜食，学鲁大师专学其吃醉了酒大闹五台山，一等是没分晓钝汉，香臭也不知，说它则甚（也毕竟是说了，糟堂此刻自行检讨，言兄幸勿再托败阙）。

如今且说正中、后主、大晏、六一之词之所以是写而非作，原故是其词无题（关于无题，王静老已有说，此不絮聒），一有题便非作不可，专去写便不能成篇。言兄明人不须细说，故竟不说。

辛老子者一首《贺新郎》，不但有题，而且是赋物，者就迫使辛老子非作不可，纵使他平日专爱写，何况此老平日之专爱作乎？他既然于千载之上作，而且精意作，吾辈今日且看，而且高着眼看他是争生个作法。

先说赋物。

赋物之作当然怕赋成不是物，然而又怕赋成只是个物，最好是赋成物物而不物于物。不是物不消说得，病在它已经不是物了，说也无从说起；只是物也不消说得，病在它已经只是物了，还说它则甚？到了物物而不物于物，神光离合，乍阴乍阳，周规检矩，离圆遁方，乍看来不是物，再看来也只是个物，而又不仅于只是个物，是物不是物，不是物是物，非此物，是此物，即此物，离此物，物物而不物于物，斯乃所以成其为赋物之作也。

毕竟要争生个赋法乃可以成为物物而不物于物底赋耶？

曰物有生死动静之别，一等可怜是它无灵魂、无感情（无生物），或有感情焉，而无思想（动植物），总而言之，它不是人。大作家笔下所赋之物即不如然，它有灵魂，有感情，有思想，总而言之，它是人。必如是夫而后赋物之时乃可以物物而不物于物。

例证大有在，不必旁征博引，老杜诗篇万口流传，赋鹰赋马，篇什不少，其在事，世间不必定有如是鹰，如是马；其在理，老杜笔下所赋之鹰之马，却必须是如是鹰如是马。在事，鹰与马纵有感情却无思想，即有思想，岂有灵魂？即有灵魂，决是非人。老杜赋来，不独全有，而且是人。

所以故？老杜不肯使其全无而且非是，而必欲使其全有而且真是。于是老杜乃给与以情感，以思想，以灵魂，又不宁惟是，而又给与以人底情感、人底思想与夫人底灵魂，使之成为特出的鹰马，之外又复具有完全真正的人格焉。此其所以赋物而能物物而不物于物也。

于此，赋物底“赋”字似不当训作铺叙之赋，而当解作给予之赋。此非文字游戏，更非诳语，非妄语，所以者何？宗教家言：上帝造人，赋以灵魂。以彼例此，作家笔下于所赋物正复如然。

准上说，辛老子者一首《贺新郎》之赋水仙，正与老杜赋鹰赋马同一精神，同一意匠，同一手腕。词中所赋底者一水仙是人，是水仙那样底人，同时又是人那样底水仙也。

赋物之作而至于是，乃可以使读者讽咏之，玩味之，而增意气、而开心眼、而养品质焉。赋物云乎哉！赋物之作写而至于是，乃全乎其为“人类灵魂之工程师”焉，赋物作家云乎哉！

于是糟堂谈此词竟，以下是赘语。

廿九日写至此

“云卧衣裳冷”是老杜诗。这一句子，依前人说，是格意高古；若依现在说法，只是个写实。云是云，卧是卧，衣裳是衣裳，冷是冷，如此而已。辛老子信手拈来，随手放下，仍旧是五个大字，与老杜原作丝毫无别。

然而稼轩词中底“云卧衣裳冷”却彻头彻尾大差于少陵诗中底“云卧衣裳冷”：因为云不是云，衣裳不是衣裳，只有卧与冷似，仍仍旧贯，然而杜诗中所表现者是老杜之高古，辛词中却是水仙之幽娴。“君向潇湘我向秦”，毫无一点相干处，想见李光弼将郭子仪军之壁垒一新，是又岂杜陵老子当初着笔时所能逆睹者哉！

接着是“看”到“幽影”“萧然”，好，除却水仙极难有第二种花当得起此“萧然”两字。“水边幽影”是常，“风前月下”是变，有变无常，失却本色，有常无变，绝少意态。然而也还只是个静中境界（此种境界稼轩词中虽非绝无，却是极少），所以下面紧跟是“罗袜生尘凌波去”，此句来源自然出于曹子建《洛神赋》，但读者却万不可向上六字死去，如此只能见得曹赋，却不见得辛词。着眼字应在末一字“去”，有此一去，不独动了起来，而且便是蒙叟所谓“而君自此远矣”。远而不可以无所至极也，于是乎“汤沐烟波万顷”，而渺然焉，而浩然焉矣。

“汤沐”语源出汤沐邑，借用双关，巧而不纤；“烟波万顷”亦夸而非诞，随笔提及，非意所在。兹所欲言者，辛老子写此六字时，意识中或不免有山谷诗“坐对真成被花恼，出门一笑大江横”两句子在。然而黄诗抛开水仙抒写自我，辛词不出自我专写水仙，固自不同；况夫稼轩此词自开端“云卧”一句迤逦至此，譬如云腾致雨，势所必至，鞭策驱使，不得不然。故纯是作。然而种因收果，水到渠成，则所谓不得不然者，乃成为自然而然，虽作也而近乎写。是则黄诗之所不能与较，而尤非一般作词者之所能梦见焉。

所不能轻放过者，自发端至此，虽然愈勾勒愈自然，愈转折愈贯串，却只是客观描写，吾辈读之，只见辛老子争生个赋水仙，却不见他为甚的赋水仙。辛老子为词，一向是披肝沥胆，决不肯藏头露尾。（吾辈今日好道他是不打自招？）所以“万顷”之下便说出“爱一点娇黄成晕”。“娇黄”者何？水仙之花黄，而伊人之额黄也。适间之人那样底水仙，至是乃成为水仙那样的人焉。于是乎一口气唱出“不记相逢曾解珮，甚多情、为我香成阵。待和泪，收残粉”来。

者虽不必值得读者馨香拜祷，却实实值得吾辈衷心感谢。所以者何？倘无此二十一字，吾辈自“云卧”读至“万顷”，只能看出稼轩翁赋水仙赋得能好，而看不出（至少是不易得看出）此翁何以赋水仙赋得能好。比及读了此二十一字，便恍然大悟：原来此翁心目中早已具有水仙那样的人，所以自“云卧”至“万顷”能写出那样底水仙来也。

法门如此细大，而学者乃成叫嚣，糟堂今日只恨后人糊涂，更不复为此老叫屈也。

廿一字以上总说之，以下将分说：

“解珮”用《列仙传》汉皋神女与郑交甫事，如今且莫只赞叹他水仙故实用得好，如此会去，去辛老子心事大远在，大远在。须知“不记”七字乃是说旧时一向缘浅，而“甚多情”八字乃是说今日一见钟情。如此说来，缘浅纵输于缘深，相见总胜于不见。然而紧接是“待和泪，收残粉”六个大字，于是而回天无术徒唤奈何矣。

“残粉”者何耶？水仙底人之年之迟暮欤？之身之将丧欤？词无明文，史无例证，糟堂此际不敢臆说，但九九归一，痛苦到深处、悲哀到极点则可断言。于是而吾辈乃不独看出稼轩翁赋水仙赋得能好，而且更恍然大悟此老何以赋水仙赋得能好也。

赘说至此亦词意俱尽，所以者何？辛词至此亦已词意俱尽故；稼轩当日既已啼得血流，糟堂此刻亦使得力尽故。

然而尚有过片在。于词，稼轩不能不作；于文，糟堂亦不能不说，他争生作，我便争生说。

换头“灵均”七字，似是劈空而来，实非无因而至。二十五篇屈原赋（特别是《离骚》），多是歌咏香草美人，自然而然地与辛词中之人底水仙、水仙底人应节合拍。（节外生枝为是与言兄共语，不妨援引希腊神话中之Narcissus，说灵均也是水仙。当然糟堂如此乱道，又岂稼轩着笔时所能逆睹？）

“记当时”十一字情生文，文生情，顺口为水仙呼冤；“烟雨”七字不见怎的；“翠袂摇摇谁整”，大好，水仙之美原不尽在于花，叶亦自有风致。亏得此老指出，而且一发看出水仙底人与夫人底水仙来。若说，者莫是“天寒翠袖薄”一句子在作用着乎？糟堂曰：也得、也得，不必、不必，以不独无修竹可倚，抑且倚不得修竹故。（“摇摇谁整”不是倚修竹底姿态也。）“谩写入瑶琴《幽愤》”，当然不指在水仙操（辛老子纵有率笔，从不乱道），亦无甚奇特，好在是兴起下面之“弦断《招魂》无人赋，但金杯、的皪银台润”，虽亦只是前片“残粉”之重说与引申，而“金杯”“银台”刻画水仙，有声有色，其妙在触。白石《暗香》《疏影》之咏梅，生怕触着，反而死去，不似辛老子之参赞造化，推倒智勇，尽管触去，而且愈触而愈活也。

歇拍是“愁殢酒，又独醒”，多少人嫌它（糟堂旧日亦复不免）结得忒煞质直，更无弦外之音（集中此等结法不一而足）。今日看来，多少人胶柱鼓瑟（糟堂旧日亦复不免），死死粘住“曲终人不见，江上数峰青”也，如今不说曲终人杳、江上峰青之流弊必至于毫无心肝、不知痛痒，且道作家能无论在甚底环境之中，甚底情形之下，当作结时，老去翻曲终人杳、江上峰青底板么？证之往古，“三百篇”不如此，汉乐府、“十九首”不如此，即在唐代，李太白、杜少陵当其情思郁积爆发沉着痛快，亦并不如此，奈之何而强我稼轩之必如此也？

援今证古，野马索性跑到外国去，难道马耶可夫斯基①作《列宁》、吉洪诺夫作《基洛夫与我们同在》，其于结时，亦必责之以曲终不见、江上峰青么？非于事于势有不可，乃于情于理则不可也。稼轩作此《贺新郎·赋水仙》，抚今追昔，叹老伤逝，着他作结时如何能曲终人杳去？如何能江上峰青去？

然而，“弦断《招魂》无人赋”以至“愁殢酒，又独醒”，毕竟是病，糟堂今日亦不死死为贤者讳。病不在于其不能曲终人杳、江上峰青，而在于重复了前片底“待和泪，收残粉”。上文已说过：此词写到“待和泪，收残粉”早已词意俱尽，只缘于词必有过片，遂使拔山扛鼎底辛老子向灰头土面底糟堂手里纳尽败

---

① 今译马雅可夫斯基。

阙也。此则形式文学之大病，而又非尽属辛老子之病矣。

倘若本诸春秋责备贤者之义，则辛老子此词之病不仅于此“愁殢酒，又独醒”六字，通篇亦有病。其病维何？曰：没奈何而已。

又不仅于止此一篇而已，集中诸作往往而有，然此病又初不仅于止辛老子一人而已，“三百篇”、楚辞、汉乐府、“十九首”中即亦不免，自此而下，饶他曹孟德之雄强，陶彭泽之澹宕，李太白之飘逸，杜少陵之坚实，说到没奈何一病，也还是同坑无异土。若曰：此乃时为之，势为之，正好一齐放过。彼亦何不幸，而不生于今之世也。

夫所谓时与势者何耶？宿命论者所谓“运命”者耶？宗教家所谓“天意”者耶？

曰：否，不然。旧时不合理之社会积重而难返，志士仁人而不奋斗斯成俘虏，必欲奋斗终趋灭亡，所以者何？彼众而我寡，而且诸志士仁人又每每不知联结同心，发动群众，徒思以个人底善良之志愿、高尚之品质、坚强之意志与彼无作不恶、铤而走险者流之集团，作殊死战焉，其亦止有殊死而已耳。如其不死，静夜良辰，山边林下，言为心声，发为篇章，于是乎虽不欲说没奈何不得也矣。夫然，则稼轩之病又非惟稼轩之病，而又不足为稼轩及稼轩外古昔诸大作家之病矣。曰时为之、势为之者以此。

者一首词，也有人民性么？

糟堂情知有此一问。

糟堂虽向释迦头上着粪，也不在稼轩脸上贴金，说辛老子这一首《贺新郎·赋水仙》之如何如何地富有人民性。

假若吾辈承认者乃是辛老子自写私生活底供状，吾辈可能说它有一丝一毫反人民性么？

糟堂今日且不暇说辛老子之于词每写女性必极尽其尊重之能事是何等底超越时流，突破往古，只看一首《贺新郎》，百一十六字是何等底富有人情，而且是至情。者人情，者至情，也就正是辛稼轩底人性。

齐宣王不忍牛之觳觫若无罪而就死地，孟子曰："是心足以王矣。"玄奘大师在天竺见一东土扇子而病，有人说他倘此际不能为扇子而病，当年也决不能为一大藏教，发愿来西天取经。（者一公案，八年前说辛时已曾拈举。）是故说感性认识发展而成为理性认识，倘不，理性认识便是无根之木、无源之水。

人民性属后者，人情、至情则属前者，夫岂有人民性而不出于人情、至情与夫人性者乎！然则者一首《贺新郎》本身即不富于人民性，恰恰正是人民性底大好根芽与基础在。（糟堂如是说，倘若仍然有人致疑，便请他读了普希金的《奥尼金》[①]再来理会。野马又跑到外国去了也。）

糟堂毕竟说此词已毕已竟。

一九五四年六月卅日写讫

---

① 今译《奥涅金》。

诗人最易感到的是孤独，

因孤独而感到寂寞。

东坡词说

前　言

吾自学词，即不喜东坡乐府。众口所称《念奴娇》“大江东去”一章，亦悠忽视之，无论其他作。旧在城西校中，偶当讲述苏词，一日上堂，取《永遇乐》“明月如霜”一首，为学人拈举，敷衍发挥，听者动容。尔后渐觉东坡居士真有不可及处，向来有些辜负却他了也。今年夏秋之交，说稼轩词既竟，无所事事，更以读词遣日，初无说苏词之意。案头适有龙榆生笺注本，因理一过，乃能分疏坡词何处为佳妙，何处为败阙，遂选而说之。吾之说辛，其意见则几多年来久蕴于胸中，不过至是以文字表而出之耳。兹之说苏，则大半三五日中之触磕。如谓说辛为渐修，则说苏其顿悟欤？二三子得吾之说而读之者，宜先依词目，尽读其词，每一首，首宜速读，以遇其机，次则细读，以求其意，最末，掩卷思之，以会其神，必有好有不好，有解有不解，然概念既得，好者解者无论矣，若其不好者亦勿弃置，不解者更不必穿凿，然后取吾之说，仍先阅原词一过，略一沉吟，意若曰：彼苦水将奚以说耶？于是乃逐字逐句读吾之说，以相与印证焉。如是读者为得之。不然者，一得是编，流水看毕，是则不独辜负东坡，亦且辜负苦水，辜负学人自己矣。又凡为学之事，不可随人脚跟，亦不可先有成见。如读吾说则遂谓其铁案如山，苦水并不欢喜，只有叫屈。诚如是，苦水将置学人于何地，学人又将何以自处乎？如读吾说而乃谓其信口开河，苦水虽不烦恼，却亦不甘。审如是，学人将置苦水于何地，而苦水又将何以自处乎？苦水虽无马祖振威一喝，百丈直得三日耳聋底本领，学人也须如同临济参了大愚，重归黄檗之后，须向黄檗随声便掌方得也。非然者，大家钝置，何日是了期耶？吾之说词，虽似说理，意只在文。学人首须去会，不可徒事求解，解得许多张长李短，不会得古人文心，有甚干涉？如有所会，且莫须问苦水肯不肯，须知苦水首先要问学人肯去会不肯去会也。学人亦须自悟自证。即如苦水说词，一无可取，何必睬他？若有可取，又是哪个先生教底也？至于说词之外，时复拈举一两则公案，一两个话头，与学人商量，学人又须会得苦水苦心，勿作节外生枝看也。虽然，吾上所云云，为二三子从余游者言之耳。若是明眼大师，辣手作家，吾文现在，赃证俱全，一任横读竖看，薄批细抹，印可棒喝，苦水无不欢喜承当。

卅二年①仲秋苦水识

① 民国三十二年，即1943年。

词　目

附　录

念奴娇（大江东去）

水调歌头（明月几时有）

水龙吟（似花还似非花）

蝶恋花（花褪残红青杏小）

卜算子（缺月挂疏桐）

永遇乐

徐州梦觉北登燕子楼作

明月如霜，好风如水，清景无限。曲港跳鱼，圆荷泻露，寂寞无人见。紞如三鼓，铿然一叶，黯黯梦云惊断。夜茫茫，重寻无处，觉来小园行遍。

天涯倦客，山中归路，望断故园心眼。燕子楼空，佳人何在，空锁楼中燕。古今如梦，何曾梦觉，但有旧欢新怨。异时对，黄楼夜景，为余浩叹。

坡仙写景，真是高手，后来几乎无人能及。即如此词之“明月”八字、“曲港”八字，“紞如”十四字，写来如不费力，真乃情景兼到，句意两得。但细按下去，亦自有浅深层次，非复随手堆砌。“明月”“好风”“如霜”“如水”，泛泛言之而已；“曲港”“圆荷”“跳鱼”“泻露”，则加细矣。曲港之鱼，人不静不跳；圆荷之露，夜不深不泻。

虽是眼前之景，不是慧眼却不能见，不是高手却不能写。更无论钝觉与粗心也。至于“紞如三鼓，铿然一叶”，明明是“紞如”，明明是“铿然”；明明是有声，却又漠漠焉，瑷瑷焉，如轻云，如微霭，分明于数点声中看出一片色来。要说只此八字，亦还不能至此境地。全亏他下面“黯黯梦云惊断”一句接连得好，“黯黯”字、“梦云”字、“断”字，无一不是与前八字水乳交融，沆瀣一气，岂止是相得益彰而已哉？

至于“惊”字阴平，刚中有柔，故虽含动意，而与前八字仍是相反而又相成。读去，听去，甚至手按下去，无处不锋芒俱收，圭角尽去。好笑世人狃于晁以道“天风海雨逼人”之说，遂漫以豪放目之，动与辛幼安相提并论，可见于此等处不曾理会得半丝毫也。

者个且置。譬如苦水如此说，颇得坡老词意不？若说不，万事全休，只当苦水未曾说。坡词俱在，苦水之说，亦何尝损其一毫一发？若说得，难道老坡当年填词时，即如苦水之所说枝枝节节而为之耶？决不，决不。只缘作者生来禀赋，平时修养，性情气韵中有此一番境界，所以此时此际，机缘触磕，心手凑泊，适然来到笔下，成此妙文。若不如此，又是弄泥团汉也。所以苦水平日为学人说文，尝道：苦水今日如此说，正是个说时迟；古人当日如彼写，正是个那时快。当其下笔，兔起鹘落，故其成篇，天衣无缝。若是会底，到眼便知，次焉者，上口自得，又其次者，听会底人读过，入耳即通。若不如此，纵使苦水老婆心切，说得掰瓜露子，饶他听苦水说时，直喜得眉开眼笑，又将苦水所说，记得滚瓜烂熟，依旧是“君向潇湘我向秦”。

闲话揭开，如今且说坡仙此词，开端“如霜”“如水”，两个“如”字，不免着迹。“跳鱼”“泻露”，“跳”字、“泻”字又不免着力。总不如“统如”十四个字浑融圆润。

“清景无限”，“寂寞无人见”，苦水早年总疑是坡老败阙。以为若作者觉得不如此写不足兴，便是作者见短。若读者觉得不如此写不明了，便是读者低能。总之，此等处于人于己两无好处。于今却不如此想，何以故？且待说了“夜茫茫、重寻无处”二句再说。“寻”字承上“梦云”而言。此时人尚未清醒，亦并未起床，只是在半醒半睡中寻绎断梦。所以下句方是“觉来小园行遍”也。说到者里，再回头追溯开端“明月”直至“无人见”六句二十五个字所写之景，不独是觉来行遍之所见，而且是觉了行了见了之后，方才悟得适间睡里梦里，外面小园中月之如霜，风之如水，与夫鱼之跳，露之泻，早已好些时候了也。嗟嗟，人自睡里梦里，月自如霜，风自如水，鱼亦自跳，露亦自泻。人生斯世，无边苦海，无限业识，将幻作真，认贼为子，且不须说高不可攀处、远不可及处，只此眼前身畔，有多少好处，交臂失之，不得享受。真乃志士之大痛也。

然则“清景无限”“寂寞无人见”两句，写来一何其感喟，而又一何其蕴藉，谓之败阙，如之何则可？苦水当年失却一只眼，今日须向他坡老至心忏悔始得也。如问“梦云”之“梦”，果何所指？苦水则谓：梦只是梦而已，不必指其名以实之，或任指一名以实之亦无不可。但绝不是梦关盼盼。

静安先生诗曰：“不堪宵梦续尘劳。”苦水则说，宵梦更非别有，只是尘劳。坡老此处，亦是此意。所以苦水于此词录题时，拟删去“登燕子楼”四字。词中并无“登”意也。然则只是“夜梦觉”便得，何必又标“徐州”？苦水盖以为若无此二字，词中之“燕子楼空”，则又忒杀突如其来矣。有一本题作“夜宿燕子楼，梦盼盼，因作此词”。郑大鹤诃之曰居士断不作痴人说梦之题，是已。然郑又取王案说，谓是梦登燕子楼，翌日往寻其地作。此又是刻舟求剑了也。学人将疑不知苦水见个什么？便说得如此斩钉截铁。不知只是学人不肯细心参求，并非苦水无事生非。试看老坡此词过片，曲曲折折写来，只道得个人生之痛，半点也无儿女之情，已是自家据实自首，不须苦水再为问案追赃。

“天涯”三句，叹息人生无蒂，不如落叶犹得归根。“燕子”三句，说得不拘遗臭流芳，凡是前人生涯，只不过后人话靶。“古今”三句更是说他苦海众生，业识茫茫，无本可据。结尾则是由燕子楼联想到黄楼，后人千载而下，见燕子楼，便想到盼盼，而不禁感慨系之。“黄楼”是老苏所创，后人亦将见之而想到东坡，系之感慨。辗转流传，何时是了？正所谓后人复哀后人也。如此写来，尽宇宙，彻今古，号称万物之灵底人也者，更无一个不是在大梦之中，更无觉醒之期。然后愈觉睡里梦里，而月如霜，风如水，鱼之跳，露之泻为可悲可痛也。夫如是，与登燕子楼，梦关盼盼，有甚干系？具眼学人且道：坡仙作此词时，梦醒也未？莫是仍在梦里么？若然，则苦水更是梦中说梦也。于古有言：啼得血流无用处，不如缄口度残春。

洞仙歌

余七岁时，见眉山老尼姓朱，忘其名，年九十岁，自言尝随其师入蜀主孟昶宫中。一日大热．蜀主与花蕊夫人夜纳凉摩诃池上，作一词。朱具能记之。今四十年，朱已死久矣，人无知此词者。但记其首二句，暇日寻味，岂《洞仙歌令》乎？乃为足之云

冰肌玉骨，自清凉无汗。水殿风来暗香满。绣帘开、一点明月窥人，人未寝，攲枕钗横鬓乱。

起来携素手，庭户无声，时见疏星渡河汉。试问夜如何，夜已三更，金波淡、玉绳低转。但屈指、西风几时来，又不道、流年暗中偷换。

论词者每以苏、辛并举，或尚无不可。且不得看作一路。如以写情论，刻意铭心，老坡实大逊稼轩。然辛之写景，往往芒角尽出，神游意得，须还他苏长公始得。固缘天性各别，亦是环境不同。即如此《洞仙歌》一首，真乃坡老自在之作。饶他辛老子盖世英雄，具有拔山扛鼎之力，于此也还是出手不得。“冰肌玉骨，自清凉无汗”，真乃绝世佳人。

刘彦和曰：“粉黛所以饰容，而倩盼生于淑姿。”“淑姿”便了，“倩盼”作么？

唐人诗曰：“却嫌脂粉污颜色，淡扫蛾眉朝至尊。”蛾眉自

好，淡扫则甚？总不如此二语之淡雅自然。冰、玉二字，不见怎的，清凉恰好，尤妙在“自”。

自来诗家之写佳人，写面貌，写眉宇，写腰肢，写神气，却轻易不敢写肉。写了，一不小心，往往俗得不可收拾。此二语却竟写肉。岂止雅而不俗，简直是清而有韵。写至此，倘若有人大喝：住，住！苦水错了也！者个是蜀主底，不是老坡底。苦水则亦还他一喝：管甚你底我底，文章天地之公，大家有分。老坡尚说一部陶诗是他所作，一句两句，分甚彼此？若说作之不易，但鉴赏亦难。老坡能鉴赏及此，亦自非凡，更不须说他自首减等也。

者个揭开去。下面“水殿风来暗香满”，总该是东坡自作。既曰今日大热，且道风来是热是凉？水殿外想来有荷，且道暗香是人是花？若分疏得下，许你检举苏胡子；若分疏不下，还是大家葫芦提好。自家屋里事，尚且无计划。舍己耘人，陈米糟糠，替他古人算什么闲账？

过片“起来”至“河汉”三句，写出夏之大，夜之静。写静夜尚易，写大夏却难。写大夏有何难？要将那热乎乎，潮漉漉，静化得升华了，不但使人能忍受，且能欣赏玩味之却难耳。所以自来诗文写春，写秋，写冬底多，而且好底确是不少。写大夏底便少，而好底更为稀有。

家六吉极推《楚辞》之“滔滔孟夏”，与唐人之“熏风自南来，殿阁生微凉”。然《楚辞》是大处见大，唐人是大处见小，惟有老坡此处，乃是小处见大，风格固自不同。“试问夜如何”以下直至结尾，一句一转换，有如此手段，方可于韵文中说理用意。不则平板干瘪，纵使词能达意，只是叶韵格言，填词云乎哉？

若单论此处，长公与幼安，大似同条生，但辛老子用时多，苏长公用时少，而且方圆生熟，截然两事，仍是不同条死也。学人自会去。

此外尚有一则公案，苦水分明举似，再起一番葛藤。有不识惭愧者流，改坡公此词，为七言八句。更有不知好歹底人，便说彼作远胜此词，且不用说音律乖舛，世上没有恁般底《玉楼春》。只看“起来琼户启无声”，只一“启”字，便将坡词“庭户无声”之大气，缩得小头锐面，趣味索然。更不须说他首句“清无汗”之删去“凉”字之不通，与结句之改“又不道”为“只恐”之平庸也。眼里无筋，皮下无血，何其无耻，一至于此？

日昨往看同参颖公，具说已选得东坡乐府十馀首，将继稼轩长短句而说之。颖公劈头便问：可有《贺新郎》“乳燕飞华屋”一首么？苦水答曰：无有。但是选时确曾费过一番斟酌。不曾收入，并非遗漏，亦非嫌弃。说辛词时，曾经说明苦水词说，原备学人反三之助，所以选外仍有佳词；不过苦水之所欲言，已尽于现所入选之数首，不必重叠反复。譬如颖公所举之《贺新郎》，“乳燕飞华屋”五字又是写夏日底名句，情象原不怎的。但读后令人自然觉得有一种夏日气息扑面打鼻而且包身而来，直至“悄无人，庭阴转午”，依旧暑气不退。待到“晚凉新浴”，方才有些子凉意。所以“手弄生绡白团扇，扇手一时似玉”之下，便自然而然地“渐困倚、孤眠清熟”也。然而仍是逃暑，并非是清凉。眼前情事，写得如此韵致，又是非老苏不办。但自此以下，尤其是过片而后，直至结尾，因为直咏榴花，苦水却觉得无甚可说。况且《洞仙歌》之“庭户无声，时见疏星渡河汉”，足足敌得过此“乳燕”以下数语。而“冰肌玉骨，自清凉无汗”，也实实好似他“手弄生绡白团扇，扇手一时似玉”也。所以既收《洞仙歌》之后，终于舍此《贺新郎》。然而道是不说，不说，也终竟是说了。不怨他颖公多口多舌，只怨苦水拖泥带水，自救不了。

木兰花令

次欧公西湖韵

霜馀已失长淮阔。空听潺潺清颍咽。佳人犹唱醉翁词，四十三年如电抹。

草头秋露流珠滑。三五盈盈还二八。与余同是识翁人，惟有西湖波底月。

不知可确，据说会泅水底人，想要跳水自杀却非易事，以其浮而不沉故。说也可笑，平时惯浮，及其自杀有意求沉，却仍旧是浮。后天底习或可以变易先天底性，而一时之意却难左右后天底习也。

者个且置。至如长公为词，擒纵杀活，在两宋作者之中，并无大了得。只是出入之际，他深深理会得一个出字诀。者个他亦未必有意，只是天性与学力所到，自然而然有此神通。所以作来不拘长调小令，悲愁欢喜，总还你一个宽绰有馀。文心无迹，书法有形，只看他作字便知。后来学书人，一为苏体，往往模糊一片，更无一个能及得他疏朗清爽。

有人说：长公诗文书法，俱似不十分着力。苦水则谓：这也还是那个出字诀在那里作用着。亦复即是开端所说，会泅水底人跳在水里，虽在有意自杀之时，也仍旧浮而不沉也。此一章《木兰花令》，是和六一翁之作。说起六一翁，不独是坡老前辈，而且在文字上，也有一番香火因缘。在文学震撼一世，及身享名这一点上，两人又正复相同。如今老坡移守颍州，正是六一翁四十三年以前旧治。抚今追昔，常人尚尔，何况坡老一代才人，与欧公又非泛泛之交乎？

据年谱，坡老是年五十六岁。盖亦已垂垂老矣。此词虽是和作，莫只看他技巧，且复理会几个入声韵是何等凄咽。开端“霜馀”两句，分明是凛凛深秋。当此之际，追念昔者，心中又是何等感喟。若是别个，便只有能入而不能出，然而又非所论于长公也。

前片四句，一口气读下去，不知怎的，沉着之中，总溢出飘逸，而凄凉之中，却又暗含着雄壮。若说“长淮”之阔虽然已失，毕竟点出“阔”来，何况“清颍”正在“潺潺”，而“霜馀”二字又暗示天宇之高，眼界之宽乎？若如此说，未必便辜负作者文心。但“佳人犹唱醉翁词，四十三年如电抹”两句之中，并无与前二语中类似字样，何以仍旧如彼其飘逸而雄壮耶？“犹唱”者何？前人不见也；“如电”者何？去日难追也。字法如此，固宜伤感到柔肠寸断、壮志全消矣，而仍旧如彼其飘逸与雄壮者何耶？读者于此，非于字底形、音、义三者求之不可。看他“佳”字，“翁”字，何等阔大。“人”字，“电”字，何等鲜明。“三年”两字，何等结实。“抹”字是借得欧公底，且不必说他真形容得日月如石火驹隙也。若谓苦水如此说词，何异三家村中说子路，则何不将此二句试改看：歌儿还自唱欧词，四十载来空一抹。总还不失作者原意，但读来岂但不复是词，简直不成东西。如此说来，难道那两句词便似贾阆仙一般驴背上推敲出来底么？真个是不，不，一点也不。此义已于说《永遇乐》章“统如”三句时说过，此处不再絮聒。

夫长公当此境地，所作之词，依然不为悲伤所制，而别具风姿，岂不又是出字诀底神通作用？又岂非一如没人跳水自杀，依旧浮而不沉乎？而苦水所云，后天底习或可变易先天底性。而一时之意，却难左右后天底习者，岂不又可于此消息之乎？坡仙追悼欧公之词，此章之外，尚有一首《西江月》：“三过平山堂下，半生弹指声中。十年不见老仙翁。壁上龙蛇飞动。　欲吊文章太守，仍歌杨柳春风。休言万事转头空。未转头时皆梦。”

据龙榆生笺，是老苏四十四岁之作。大约尚在壮年，豪气能制悲感，所以作来金钟大镛，满宫满调，学人容易理会得出，故弃之而取此《木兰花令》。至于《西江月》歇拍两句，“万事转头空”者，言现在既成过去，日后回想，与梦无殊也。“未转头时皆梦”者，即身处现在，俗人俱认为非梦者，而有心之士亦以为皆梦也。就词论词，或者不见怎底。若以意旨而论，却是坡老底擅场，学人又不可忽略过去。

又龙笺引傅注引《本事曲集》，谓：六一翁《木兰花令》原唱与坡公和作“二词皆奇峭雅丽”。苦水曰：欧词足足当得起此四字，若坡作，奇峭雅有之，丽则未也。

西江月

顷在黄州，春夜行蕲水中，过酒家饮，酒醉，乘月至一溪桥上，解鞍曲肱，醉卧少休，及觉已晓，乱山攒拥，流水铿然，疑非尘世也，书此语于桥柱上

照野弥弥浅浪，横空暧暧微霄。障泥未解玉骢骄。我欲醉眠芳草。

可惜一溪明月，莫教踏破琼瑶。解鞍欹枕绿杨桥。杜宇一声春晓。

笔记载：长公与黄门既各南谪，相遇于途中。同在村店中食汤饼。黄门微尝，置箸而叹，长公食之尽一器，谓黄门曰："子尚欲咀嚼耶？"大笑而起。千载而下，读此一节，长公风姿尚可想见。学人于此一重公案，且道坡老此等处为是豪气？为是雅量？学人如欲加以分疏，首先须对豪气、雅量加以理会。要知豪气最是误事，一不小心，便成颟顸，再若左性，即成痛痒不知，一味叫嚣。雅量亦非可强求，须是从胸襟中流出，遮天盖地始得。倘若误会，便成悠悠忽忽，飘飘荡荡，无主底幽灵。

要说坡公天性中，原自兼有此二者。早期少年，逞才使气，有些脚跟不曾点地，亦不必为之掩饰。待到屡经坎坷，固有之美德，加以后天之磨砻，虽不能如陆士衡所谓"石蕴玉而山辉，水怀珠而川媚"，亦颇浑融圆润，清光大来。所来老坡豪气雅量虽然俱有，学人亦且不得草草会去，致成毫厘相差，天地悬隔。

此《西江月》一章，小序已佳，大约前人为词，不曾注意及此。先河滥觞，厥维坡老，后来白石略能继响。然一任自然，一尚粉饰，天人之际，区以别矣。苦水平时常为学人分说，文人学文，一如俗世积财，须是闲时置下忙时用，且不可等到三节来至，债主临门，方去热乱。所以鲁迅先生说："不是说时无话，只是不说时不曾想。"苦水亦常说：文章一道，不可以无心得，不可以有心求。亦复正是此意。大凡古今文人，一到有意为文，饶他惨淡经营，总不免周章作态。惟有不甚经意之时，信笔写去，反能露出真实性情学问与世人相见。吾辈所取，亦遂在此而不在彼。坡公书札、题跋与词序之所以佳妙，高处直到魏晋，亦复正是此一番道理。

若有人问：苦水本是说词，扯到词序，已是骈拇枝指，今更扯到书札、题跋，岂不更是喧宾夺主？苦水则曰：要知北宋人词之妙处，与此亦更无两致。他们原个个有诗集行世，推其意，亦自矜重其诗。若夫小词，大半是他们酒席筵前信手写来分付歌者之作。其忒煞率意者，浅而无致，亦并非没有。若其高者，则又其诗所万不能及者也。

此亦犹如右军之《乐毅论》《东方画赞》，虽是笔笔着力，宁宁用心，倒是《兰亭》一序，冠绝平生，又其短帖，亦往往得意外之意也。一首《西江月》字句之美，有目共赏。苦水若再逐字逐句，细细说下去，便是轻量天下学人，罪过不小。不过须要注意者，坡老此词，乃酒醒人静，旷野水边，题在桥柱上面底。即此，便与彼伸纸吮毫与人争胜之作不同。更与彼点头晃脑、人前卖弄者异趣。

如说此词虽写小我，而此小我与大自然融成一片，更无半点抵触枝梧，所以音节谐和，更无罅隙。这也不在话下。但所以致此之因，却在坡老此时确具此感。维其感得深，是以写得出，遂能一挥而就，毫无勉强。

如问：苦水见个什么，便敢担保东坡确实如此，更无做作？苦水则曰：诗为心声，惟其音节谐和圆妙，故能证知其心与物之毫无矛盾也。不见《楞严经》中，佛问：“汝等菩萨及阿罗汉，从何方便，入三摩地？”憍陈那五比丘即白佛言：“于佛音声，悟明四谛。”又言：“我于音声得阿罗汉。佛问圆通，如我所证，音声为上。”夫音声尚可以入佛，何至诗人所作之韵文，吾辈读之而不能得其文心哉？古亦有言：声音之道感人深矣。苦水曰：如是，如是。世人动以苏、辛并称，而苦水则以苏为圭角尽去，而以辛为锋芒四射。然其所以致此之因，苦水仍未说破。于此不妨再行漏逗。老辛一腔悲愤，故与自然时时有格格不入之叹。饶他极口称赞渊明，半点亦无济于事。老苏豪气雅量化为自在，故随时随地，露出无入而不自得之态。乡村野店，一碗面条子，其于坡老也又何有？如此说了，更不烦再说苏、辛二人之于词有方圆生熟出入难易之分也。

临江仙

送王缄

忘却成都来十载，因君未免思量。凭将清泪洒江阳。故山知好在，孤客自悲凉。

坐上别愁君未见，归来欲断无肠。殷勤且更尽离觞。此身如传舍，何处是吾乡。

诗之为用，抒情写景，其素也。渐而深之为说理，抑扬爽朗，而情与景于是乎为宾。扩而充之为纪事，纵横捭阖，情辅景佐，包抱义理，蔚为大观。词出于诗，而其为体，纪事为劣，说理或可，亦难当行，苟非大匠，辄伤浅露。惟于抒情、写景二者曲折详尽，乃能言诗所不能言。

然大家之作，多为寓情于景，或因景见情。若其徒作景语而能佳胜，亦不数觏。西国于诗，抒情一体，区分独立。华夏之“词”，总核名实，谓之相副，无不可者。顾情之为辞，乃是总名。疆分界画，累楮难尽。详而长之，请俟异日。若其写之于词，普遍通常，伤感而已。平居常谓：伤感也者，人所本有。故虽非作者，而见月缺以情移，睹花落而心悲，上智下愚，或当别论，吾辈具是凡夫，陷此大网，鲜能脱离。若其施之诗词，尤为抒情诗人之所共具。惟其一触即发者，每失肤泛，不堪回味。至其衷心回荡酝酿，发之篇章，温馨朗润，感人之力，至不可忤。或出不中规，言过其实，鲁莽灭裂，乃成嘶嗄。是则小泉八云氏所谓痉挛，非所论也。

亦有搔首弄姿，竞趣巧丽，浮漂不归，空洞无实。如是之作，尤无取焉。

此《临江仙》一章，龙笺引朱疆村先生曰：“按本集，‘仲天贶、王元直自眉山来见余钱塘，既行，送之诗’。施注：‘王箴字元直，东坡夫人同安君之弟也。’王缄未知即箴否。”苦水曰：当是也。何以故？吾尝举此词与《江城子》“十年生死两茫茫”一章，为长公极度伤感之代表作。老坡平日见解既超，把握亦牢，苟非骨肉亲戚之间，生死别离之际，所言必不如此。且两章俱用阳韵，几如失声痛哭。如非情不自禁，当不至是。于此可知人类无始以来，八识田中有此一种本惑种子，复加熏习，遂乃滋生，有如乱草，雨露所濡，蔓延无际，吾人堕落日以益深。《遗教经》言："譬如老象溺泥不能自出，真可痛也。"夫以坡老如彼才识，尚复如此，况在中下，宁有既乎？

或问：子为是言，类出世法，与词何有？苦水则曰：此无二致。伤感虽为抒情诗歌创作之源，而诗家巨人，每能芟除，或以担荷，或以透出。前者如曹公，如工部，后者如彭泽。故其壮美也，有似海立而云垂；其优美也，一如云烟之卷舒。不同小家数者，利用伤感，蛊惑读者，又如恶疾专事传染已。夫食以养生，苟其无食，一日则饥，十日则死。此其重要当复何若？而袁安雪中忍饥高卧，又有人焉，学道辟谷，乃成飞仙。

苦水虽曰伤感实为创作源泉，究其重要，非食于生。姑云云者，不独为是向中人说，亦且令学人慎重鉴彼曹公、少陵与渊明者，知所取则，虽未刈除类如辟谷飞仙，亦当忍耐如彼袁安也。

或者又曰：此词结尾二句"此身如传舍，何处是吾乡"，坡公固已透出矣。苦水曰：不然，人有丧其爱子者，既哭之痛，不能自堪，遂引石孝友《西江月》词句，指其子之棺而詈之曰："譬似当初没你。"常人闻之，或谓其彻悟，识者闻之，以为悲痛之极致也。此词结尾二句与此正同。若能于此悟入，心死一番，或有彻悟之时。遂谓此为是，未见其可也。

集中尚有《临江仙·送钱穆父》"一别都门三改火"一章，

若以词致论，似较胜于今兹所说之作。其结尾曰“人生如逆旅，我亦是行人”，虽未必即到庄子所谓“送君者自涯而返，而君自此远矣”之境界，但亦悠然有不尽之意。其透出伤感，亦远过于适间所说之二语。苦水之终于弃彼取此者，其故有二。一者，彼为朋友，此为懿亲，己象他象之际，情感不免有厚薄之分，而透出遂亦不无难易之别。二者，兹余所选，不尽佳词，前已言之。但能藉彼篇什，尽我言说，足矣。苦水尚不敢轻量天下士，其敢遂以只手掩尽天下人耳目哉！

定风波

三月七日，沙湖道中遇雨。雨具先去，同行皆狼狈，余独不觉。已而遂晴，故作此词

莫听穿林打叶声，何妨吟啸且徐行。竹杖芒鞋轻胜马，谁怕？一蓑烟雨任平生。

料峭春风吹酒醒，微冷。山头斜照却相迎。回首向来萧瑟处，归去，也无风雨也无晴。

吾观大家之作，殆无不工于发端。不独孟德之“对酒当歌”、子建之“明月照高楼”也。此在作者未必有意，推其命篇之意，尤不必在此发端，竟工至如是者，殆以不甚经意之故。盖当其开端之时，神完气足，愈不经意，愈臻自然。

至于中幅，学富才优者，或不免于作势，下焉者竟至于力疲。

所以者何？有意也。

迨及终篇，大家或竟罗掘，下者直落败阙。

所以者何？意尽也。

元乔梦符之论制曲，有凤头、猪肚、豹尾之说，盖亦叹其难于兼备。吾谓此岂独然于曲，凡为夫文，莫不胥然矣。

夫坡公之为是《定风波》也，其意在“一蓑烟雨任平生”与“也无风雨也无晴”乎？世人之赏此词也，其亦或在二语乎？苦水则以为妙处全在发端之“莫听穿林打叶声，何妨吟啸且徐行”，而尤妙在首句。即以此为潘大临之“满城风雨近重阳”，亦殆无不可，或竟过之，亦未可知。

何以故？潘老未免凄苦，坡仙直是自在也。且也曰“穿”，曰“打”，而风之穿林与雨之打叶，不徒使读者能闻之，且使如竟见之也。而冠之以“莫听”，继之以“何妨”，写景与用意至是乃打成一片。千载而下，吾人遂直似见风雨中髯翁之豪兴与雅量也。

学人试持此与辛幼安《鹧鸪天》之“莫避春阴上马迟，春来未有不阴时”比并而读之，则于吾所谓出入与透出、担荷者，或亦不复致疑矣乎？“一蓑”七字，尚无不可。然亦只是申明上二语之意。若“也无风雨也无晴”，虽是一篇大旨，然一口道出，大嚼乃无馀味矣。

然苦水所最不取者，厥维“竹杖芒鞋轻胜马”“谁怕”二韵。如以意论，尚无不合。惟“马”“怕”两个韵字，于此词中，正如丝竹悠扬之中，突然铜钲大鸣；又如低语诉情，正自绵密，而忽然呵呵大笑。此且无论其意之善恶，直当坐以不应。所以者何？虽非无理取闹，亦是破坏调和故。

是以就词论词，“料峭春风”三韵十六字，迹近敷衍，语亦稚弱，而破坏全体底美之罪尚浅于“马”“怕”二韵九字也。学人如谓苦水为深文周内，则苦水将更吹毛求疵。

夫竹杖芒鞋之轻，是矣，胜马奚为？晚食当肉，安步当车，人犹谓其心目中尚有肉与车在，则此胜马，岂非正复类此。拖泥带水，不挂寸丝之谓何？透网金鳞之谓何？

若夫“谁怕”，此是何事而用怕耶？或者将曰：此言谁怕，是不怕也。苦水则曰：无论不与非不，总之不能用怕。当年黄龙公举拳问学人曰：唤作拳头则触，不唤作拳头则背。东坡于此，纵使不背，亦忒煞触了也。吾不能起髯苏于九原而问之。学人如不肯苦水，则请别下一转语。莫只道苦水不识惭愧，只会去呵佛骂祖也。

南乡子

梅花词和杨元素

寒雀满疏篱。争抱寒柯看玉蕤。忽见客来花下坐，惊飞。踏散芳英落酒卮。

痛饮又能诗。坐客无毡醉不知。花尽酒阑春到也，离离。一点微酸已著枝。

杨诚斋绝句曰：“百千寒雀下空庭，小集梅梢话晚晴。特地作团喧杀我，忽然惊散寂无声。”苦水早年极喜之，以为写寒雀至此，真不辜负他寒雀也。“特地作团”四字，令人便直头听见啁啾即足之声，说“喧杀我”，遂真喧杀我。“忽然惊散”四字，又令人直头觉得群雀哄然一阵，展翅而去。说“寂无声”，遂真个耳根清净，更没音响也。

而持以与此《南乡子》开端二语相比，苦水不嫌他杨诗无神，却只嫌他杨诗无品。“寒雀满疏篱，争抱寒柯看玉蕤”，“满”字、“看”字，颊上三毫，一何其清幽高寒，一何其湛妙圆寂耶？便觉诚斋绝句二十八个字，纵然逼真煞，纵然生动煞，与苏词直有雅俗之分，又岂特上下床之别而已？

便是“忽见客来花下坐，惊飞。踏散芳英落酒卮”，亦高似他“忽然惊散寂无声”。苦水并非压良为贱，更非胸有成见，一双势利眼直下看他杨万里，高觑他苏胡子。

何以故？杨诗“惊散”之下，而继之以“寂无声”，是即是，只是死却了也，不然，也是澹杀了也。苏词“惊飞”之下却继之以“踏散芳英落酒卮”，虽不能比他“高馆落疏桐”，亦自馀韵悠然。烂不济，亦比杨诗为宽绰有馀。若道这个又是诗词之分，苦水听了，便只有大笑而起，更不置辩，一任具眼学人自去理会。

若道苦水颟顸，杨诗意在写雀，故如彼，苏之《南乡子》，明题作“梅花词”，故而如此也。于此，苦水若说诚斋不是明明道他“小集梅梢”么，便是缠夹，不免另竖起葛藤桩子。辛稼轩《瑞鹤仙·赋梅》曰：“倚东风、一笑嫣然，转盼万花羞落。”苦水向日亦极喜之，以为从来写梅者不曾如此写，辛老子如此写了，真乃又使梅花既不失品格，而又活生生地与世人相见也。记得当年明公曾问苦水：此不是写杏花耶？尔时苦水便休去。及今思之，倚风嫣然，或是杏花，万花羞落，杏花纵转盼煞，却万万不办。然持以与此《南乡子》开端二语相比，又觉稼轩写来吃力，着色太浓，不如坡老笔下自在，情韵淡雅。学人或者又曰：老辛正面攻杀，老苏侧击旁敲，故尔如然。苦水曰：车行舟行，两可到家，吾辈只看他到家与否便得，分甚舟之与车？若说侧击旁敲，原自不无。但亦不过论文之士方便说法，立此假名，学人切勿执为实有，以致东西悠荡，不着边际也。此义大长，如今急于说词，姑止是。一首《南乡子》，高处妙处，只此开端二语。“忽见”二韵十六个字，苦水虽曾以之压倒诚斋之诗，与前两句衡量之，已有自然与人力之差，最糟是过片之“痛饮又能诗，坐客无毡醉不知”。“坐客无毡”自可，“醉不知”也去得，然已自嫌他作态自喜矣。若“痛饮又能诗”，则决是糟。不知怎的，后来诗人作品中只一说到自家之饮酒赋诗，纵不出丑，也总酸溜溜的。以文论之，到此之际，十九有拼补凑合之迹。且不可举他老杜之“此身饮罢无归处，独立苍茫自咏诗”。须看“无归处”是甚底情境？“立苍茫”是何等气象？到此田地说不说俱得。否则一说便不得也。又且不可举他彭泽老子之篇篇说酒。今且不须检阅全集，只如“忽与一觞酒，日夕欢相持”，后来哪个又有此胸襟情韵耶？老苏作此词时，虽曰纪实，亦不合草，以至今日竟向苦水手里纳却败阙也。至于歇拍两韵，有底喜他“一点微酸已著枝”一句。苦水却不然。学人问这“不然”么？苦水原拟待汝一口吸尽西江水时，再与汝说。如今也不必了。还记得苦水说《西江月》“照野弥弥浅浪”一章，论及词序、书札、题跋处否？倘若并不记得，只仍参此章开端二语亦得。参禅衲子好问：西来何意？这个与我辈今日无干。只今且道：那寒雀十二个字是何意？

南乡子

送述古

回首乱山横。不见居人只见城。谁似临平山上塔，亭亭。迎客西来送客行。

归路晚风清。一枕初寒梦不成。今夜残灯斜照处，荧荧。秋雨晴时泪不晴。

坡公伤感之词，吾所选录，前此已有《木兰花令》及《临江仙》，并此一章，鼎足而三。然生离死别，其迹近似，出入变化，内容实殊。《临江仙》之送王缄，情溢乎辞，纯乎其为伤感者也。《木兰花令》笔力沉雄，气象阔大，盖于伤感有似超出，且加变化。说已详前，兹不复赘。至于斯篇，前片既叹人不如塔，亭亭无觉，迎送来去；后片复写残灯初寒，秋雨或歇，泪雨难晴。夫如是，则其伤感当至深矣。而试一观其命辞构语，工巧清丽，盖已不纯置身伤感之中，一任包围，但听支配；而已能冷眼情感之旁，细心观察，加意抒写。

推究根源，一则任情，一则有想。夫情之与想，势难两大。此仆彼起，彼弱此强。当情盛时，想不易起。及想炽时，情必渐杀。古今中外，法尔如然。此则送述古之情固浅于送王缄，而《南乡子》之辞较工于《临江仙》者也。

《孝经》有言，丧言不文。老聃亦云，美言不信。丧言不文者，意不暇及也。美言不信者，华过其实也。然则文事，难言之矣。

言之无文，文之谓何？过饰藻丽，情或近伪。必也情经滤净，辞能称情，施之篇章，庶乎近之。是故伤感虽为创作源泉，苟无羁勒，譬彼逸马，即有骏足，适能覂驾。若其情不真挚，修辞虽巧。藻绘粉饰，徒成浮漂，吾于说词，屡及之矣。

夫创作之源，厥本乎情，遣词之工，实基于想。顾今所谓情、想二名，借自释氏，善巧方便，即何敢言。能近取譬，或助参悟。而哲人之想，一本理智，排斥感情。有如恶木遮山，伐木而山方出；乱草侵花，刈草而花始繁。其旨务在以想杀情。是其为想力求真实，排除虚妄，总归一有。若文士之想，间或不无藉助理性。要其本旨，乃在显情。有如画月者，月无可画，画云而月就。绘风者，风本难绘，绘水而风生。是其为想，今世所谓幻想，联想。固亦求真，而与彼哲人，标的不同，取径亦异。籀而绎之，判然别矣。

苦水于是乃说坡词，藉资证明。临平山上，一塔亭亭，固已。若夫送迎去来，塔本无知，于彼何有？是则“亭亭”为真，而送迎也者，词人之想。秋雨曰晴，是已。泪既非雨，何有晴否？是则“秋雨”为真，而泪雨不晴，又词人所想也。以上二处，持较《临江仙》之“凭将清泪洒江阳。故山知好在，孤客自悲凉”，如以情论，则前者多伪，而后者多真。如以词论，则又前者较胜，后者较逊也。若是，其果伪者为优，真者为劣耶？

丧言不文，美言不信，亶其然乎？然真者诚真，而伪者果伪耶？厨川白村之论文也，文学之真，科学之真，区分为二。世有二真，殆类戏论。吾兹窃谓：二者之外，当更别立哲理之真。

真乃有三，大似呓语矣。自惭小智，屡经思维，迄于终竟，不得不尔。析其奥微，俟之明哲。而在英国淮尔德氏，乃复致慨于彼说谎之衰颓。是则于文，以伪立论。与吾中土古圣所谓修辞立诚，大相径庭。淮氏制作，未臻上乘。若其品性，时涉乖僻。至于斯论，虽类诡辩，实有可采，未可遽尔以人废言。

吾国诗教，温柔敦厚。溯在往古，允当斯旨。汉魏以来，不失平实。洎乎六代，宗老、庄者惟旷达，崇释氏者尚空无。其有志于文之士，善感锐察，又刘彦和氏所谓“窥情风景之上，钻貌草木之中”者也。独于纪事长篇，奇情壮采，推波助澜，甚苦无多。《孔雀东南飞》《木兰辞》，自推巨擘，终似贫弱，降及唐代，诗称极盛。其有作者，少陵之《北征》，“奉先咏怀”，而其中心，究为小我。纵极张皇，亦伤局促。“三吏”“三别”，虽近客观，既无主名，非纯叙述。自兹而下，益等自郐。白乐天氏之《长恨歌》，体制近是。而抒写铺叙纵使详明，补缀破碎，究未闳阔。众口脍炙，余无取焉。

遥观西国，希腊之剧，荷马之歌，夐乎远矣。莎翁之巨制及十八世纪仿古之名作，吾国至今，仍属阙如。推其大原，何其非说谎衰颓之所致欤？顾维兹义，非数言可了。

吾今说词，沿流讨源，聊发其端。因念坡公在黄州时，强人说鬼，昔者以为无聊，以为风趣，及今思之，情为作因，而想以佐情，伪以显真。此正坡老之文心，而说谎之妙用也。若然，则此临平之一塔，泪雨之不晴，殆尚其豹之一斑，而龙之半爪耶？

蝶恋花

暮春别李公择

簌簌无风花自堕。寂寞园林，柳老樱桃过。落日多情还照坐。山青一点横云破。

路尽河回人转舵。系缆渔村，月暗孤灯火。凭仗飞魂招楚些。我思君处君思我。

一部《东坡乐府》，苦水只选他十首，人或不免嫌其太苛。而此一首《蝶恋花》居然入选，人将更笑苦水之抛却真金抱绿砖也。不须学人指摘，如今苦水且先自行检举一番。词题曰《暮春别李公择》，俨然是个截搭题。要说惜别本可包括时令，何须别标暮春？可见老坡于此，自己亦觉悟到前后片之少联络，盖前片之写暮春，既不露惜别，与后片之写惜别，更不见暮春也。

为文终非写八股，只要过渡下去，便可打成两橛。计出无奈，只好写成恁样一个题目，聊作解嘲。学人莫捉苦水败阙，说：稼轩岂不亦有“读《庄子》闻朱晦庵即世”底一首《感皇恩》乎？何以日前说辛时如彼招，如今说苏时便如此搦耶？

且莫致疑于苦水之一眼看高，一眼看低。试看老辛前半阕之“忘言”“知道”，眼光直射到后半阕之“《玄经》遗草”，后半阕之“江河流日夜，何时了”，神情直回到前半阕之“梅雨霁，青天好”，便可证知他针线密缝，不似老苏此词之拆开来，东一片，西一片也。既如是，果何所取而录此词耶？也只爱他发端高妙耳。

夫写春而写暮春，写花而写落花，诗人弄笔，成千累万，老苏于此，有甚奇特？

试参他第一句“簌簌无风花自堕”，“簌簌”字，“自”

字，真将落花情理写出，再不为后人留些儿地步。尤妙在无风，便觉落花之落，乃是舒徐悠扬，不同于风雨中之飘零狼藉。及至“堕”字，落花乃遂安闲自在地脚跟点地了也。“簌簌无风花自堕”之下，而继之曰“寂寞园林，柳老樱桃过”。淡沲之春光已去，清和之初夏将临。一何其神完气足？“落花相与恨，到地一无声”，妙句也。硬扭他落花，相与客情作么？

“一片花飞减却春，风飘万点正愁人”，健句也，减春愁人，将何以堪？

更有进者，“簌簌无风花自堕。寂寞园林，柳老樱桃过”，直透出天地之妙用，自然之神机，自然而然，行乎其所不得不行。人力既无可施，造化亦只任运。更不须说瓜熟蒂落，水到渠成也。

到这里，虚空纵尚未成齑粉，而悲戚欢喜早已一齐百杂碎了也。不说品之高，即只此韵之远，坡公以前以后，词家有几个到得？

学人莫只道他写景好。苦水当日读简斋诗，极喜他“归鸦落日天机熟”一句。今日持较苏词，嫌他简斋老子一口道破，反成狼藉耳。如论蕴藉风流，仍须是髯公始得也。大凡大英雄行事，岂必件件尽属惊天动地，但总有一二事，做到前人做不到处。大文人之作，岂必句句震古烁今，但总有一二语，说到前人说不出处。若不如是，屋上架屋，床下安床，纵非依草附木底精灵，也是贼德害道底乡愿。争怪得苦水为此两韵，录此一词？但两韵之后，“落日多情”十四字，读来总觉得硬骨碌的，不似坡公平日笔致之圆融。

过片“路尽”两韵，吾观宋人之词，送别之作，往往写送客一程，居人独归之情景，坡词于此，想亦是也。

“月暗孤灯火”，“火”字须是“明”字，修辞格律始合。今以为韵所牵。易明为火，不得，不得。如谓灯火二字合成一名，原无不可。但只着一孤字形容，未免凑合。结尾之“我思君处君思我”，虽乏远韵，亦自去得。但上句之“凭仗飞魂招楚些”，又何耶？《水浒传》里李铁牛大哥见了罗真人归来之后，乃云不省得说些甚底。苦水于苏词此处亦复不省得苏胡子说些甚底。或当是楚些招飞魂之意。若然，则又是削足适履了也。老坡此词，如是败阙。苦水今日一一分明举似学人，岂是苦水才情高似东坡，苦水更别有说在。

赏观名家之作，一集之中，往往有几篇，一篇之中，往往有数语，简直一败涂地。数语在一篇，瑕不掩瑜，且自听之。几篇之在全集，何似删之为愈？如说前人有作，后人编集，不免求备，故有斯愚，则作者当时何如不作？作了又何必示人？这个便是中土文人颟顸处，不经意处。极而言之，不自爱惜处。何况词在北宋，尚未列入正统文学之中乎？然而有一利必有一弊底反面，却又是有一弊也有一利。更不用说短处即是长处。

古人神来之笔，不必另起葛藤，即此《蝶恋花》发端两韵，苦水再三赞美而不能已者，也还是此颟顸，此不经意，此不自爱惜。刘彦和《文心雕龙·总术》篇曰："执术驭篇，似善弈之穷数。弃术任心，似博塞之邀遇。"又曰："博塞之文，借巧傥来，虽前驱有功，而后援难继。"又曰："善弈之文，则术有恒数，按部整伍，以待情会，因时顺机，动不失正。数逢其极，机入其巧，则义味腾跃而生，辞气丛杂而至。"

论文之文，善巧方便，一至于此，而其行文，亦复大有"义味腾跃而生，辞气丛杂而至"之乐。苦水只有顶礼赞叹，而又虽不能至，心向往之矣。但苦水却亦有小小意见，要共者位慧地大师理会一向。

博塞之文，不如善弈之文，此在学人参修，原自不误。若大家创作，神游物化，却不拘拘于此。所以陆士衡曾说"或竭情而多悔，或率意而寡尤"也。若邀遇绝对不如穷数，陆氏便不如是说了也。

诚如彦和所云善弈强似他博塞，何以下文又说"以待情会，因时顺机"乎？所谓情会与时机者，岂非仍有类于博塞邀遇底"遇"耶？如只任术便得，尚何须乎机与会之顺与待耶？即以博弈而论，谚亦有云：棋高无输，牌高有输。其故亦在穷术与任运，饶你赌中妙手，无如牌风不顺，等张不来，求和不得，仍是大败亏输。若棋则不然，高手决不会输。若偶尔漏着，输却一盘，定是棋术尚未十分高妙也。然而此亦言其常耳。若是手气旺盛，则虽赌场雏手，无奈他随手掷去，尽成卢雉。

此则东坡词中所谓六只骰子六点儿，赛了千千并万万者。饶你多年经验，不免向他雏手手中，落花流水一般纳败阙也。若是着棋却不然。纵使高手，倘遇劲敌，所差不过一子半子，即便费尽心机，赢则决定是赢，而所赢仍不过此一子半子，决定不会楸枰之上，黑子尽死，白子全活也。虽曰文事不能全类博弈，然而那颟顸，那不经意，甚至那不自爱惜，有时如着棋，真能输却全盘。若是如赌博，忽然大运亨通，合场彩物便尽归他一人手里。若然则坡老此词之开首两韵，其博塞之遇来。是以如有神助，而其以下直至歇尾，又其弈棋之术疏，是以全军俱覆也乎？

减字木兰花

钱塘西湖有诗僧清顺，所居藏春坞，门前有二古松，各有凌霄花络其上，顺常昼卧其下。时余为郡，一日屏骑从过之。松风骚然，顺指落花求韵，余为赋此

双龙对起。白甲苍髯烟雨里。疏影微香。下有幽人昼梦长。

湖风清软。双鹊飞来争噪晚。翠飐红轻。时下凌霄百尺英。

两株古松，上络凌霄，而清顺却常昼卧其下，者位阇梨，忒煞风流。而东坡又屏骑从过之，且为此作小词，者位太守，也忒煞好事。虽公案分明，而往事成尘，如今也不索掂掇。且就此小

词，与学人葛藤一番。

“双龙对起”，妙哉，妙哉，便真有拔地百尺，突兀凌云之势也。“白甲苍髯”，着迹矣，尚自可。“烟雨里”，倘不是真指烟雨，便不知其何所指；倘真指烟雨，不与“昼梦长”抵触耶？如谓“烟雨里”谓特殊有雨之时，“昼梦长”言其常也。然则常之与殊，于此连续说之，不益相矛盾耶？“疏影微香”，其指凌霄花矣，“下有幽人昼梦长”，此大似隐士，岂复是和尚，殆欲逃禅矣乎？“湖风清软”，恰好，恰好。若只是两株古松，着此四字，不得，不得。为是松上络有凌霄花，得也，得也。“双鹊飞来”，无不可，但何必定是双？若再一边树上一个，不足呆相，亦是笑话了也。“争噪晚”，着一噪字，与清软之湖风又抵触矣，是又大不可者也。若道尔时，恰值有双鹊在松上争噪，苦水于此，将大喝一声：有也写不得。而况“疏影微香”之中，幽人梦长之际，噪已不可，争个什么？一争，一噪，好容易拈出清软，与影与香与人与梦融成一片，至是，俱被他搅得稀糟，使不得也。

此又是苏长公颟顸处，不经意处，不自爱惜处。苦水亦不复替他谦了也。夫如是，苦水之于此词，半肯半不肯，选而说之，何为也？只为他“翠飐红轻，时下凌霄百尺英”二韵，割舍不得而已。学人莫只看翠之飐，红之轻。若只如是，又是错认驴鞍桥作阿爷下颏。

近代修辞论文，有所谓形容与描写之二名也者。苦水不怨此二名误尽天下苍生，却只惜有许多学人错认却定盘星，以致自误。处处寻枝摘叶，时时掂斤播两。自夸形容之工，描写之细，其实十足地心为物转，将境杀心，沉沦陷溺，永无觉醒，熏习日甚，只成诗匠，更非诗人，简直自救不了，说甚超凡入圣？

所以苦水平日堂上说诗，每每拈举韩翰林“惜花”一章，警戒学人。若说此诗之“皱白离情高处切，腻红愁态静中深”，亦自煞够工细。亦自为他贴将去，脱不开，死却了，不肯活，更无半点高致，不须再检举他无神韵也。

有一塾师出杜诗“好雨知时节”题，令其弟子作五言八韵底试帖诗，即得时字。一本卷子中有一联曰：“不先还不后，非早亦非迟。”说时迟，者老夫子一见此诗，便扯将那学生子过来，教他自读此十字一过；那时快，更不说甚青红皂白，便痛痛地与他二十戒尺。完了方说：“我只打你个不先还不后，非早亦非迟。”若说不先不后，非早非迟，岂不扣得那杜诗“好”字、“知”字、“时节”字，严严地，密密地？但二十戒尺打得定是，决不冤枉那学生子也。

至如苏词之“翠飐红轻”，岂可与此学生子之低能相提并论？亦尚还不至如致尧那二句之呆板。苦水何必如此神经过敏，哓哓不休？不见道涓涓不塞，将成江河。又道南辕北辙，发脚便错。只缘婆心，遂成苦口耳。

至于“时下凌霄百尺英”，又是前说所谓坡老底赌运亨通。王静安先生说宋景文之“红杏枝头春意闹”曰：“着一‘闹’

字，而境界全出。”难道苦水于此不好说：着一“下”字而境界全出耶？一个“下”字，抉出神髓，表出韵致，无意气时添意气，不风流处也风流。尚何有乎形容与描写，何处更着得工与细耶？学人于此会得，苦水得好休时便好休。倘不，苦水更有第二勺恶水在。

北宋以后，词人咏物之作，正文不露题字。苦水曰：他自作灯虎，我无闲心哄他猜谜；他自绕弯子，莫更怪我不陪他吃螺蛳也。坡公于此，明点出凌霄花，吾辈今日难道不能赏其“下”字之妙耶？夫凡花之落，皆可曰下，此有甚奇特？然而须理会得此是凌霄花百尺之英，自古松白甲苍髯里，徐徐坠落，所以是下也。

莫又怪苦水何以知其徐徐，不曰：“湖风清软”乎？准物理学，苟无空气之阻隔，物之下坠，同此迟速，无分重轻。但大气之中，花体本轻，高处坠落，只缘阻隔，更觉徐徐。且凌霄之花朵较大，花色金红，而其落也，不似他花碎瓣离萼，而为全朵辞枝，试思昼卧百尺之树下，仰见苍髯之枝间，忽然一点金红，悠悠焉，渐降渐低，愈落愈近，安然而及地焉。盖良久，良久，而又一点焉。良久，良久，而又一点焉。不说“下”，而将奚说耶？

莫又怪苦水何以知其是良久一点也。苦水于此，更自叹息，说词至是，惹火烧身。夫文士为文，亦须格物。凌霄之落，既不是风飘万点之愁人，亦不似桃花乱落之红雨也。凡夫落朵而不落瓣之花，当其落也，盖无不是如此之良久，良久，而始一点也。不道是“下”，道个什么？苦水说时，用坠、落、降等字，只是不得已而用之。先自供出，省得又被告发。“时下”，本或作“时上”。大错，大错，决不可从。

试问甚底上？又上个甚底？莫是双鹊上他凌霄么？笑杀，笑杀。两个野鹊上在花上，有甚风光？若再问：者个较之上章“簌簌无风”一句，何如？苦水则曰：那个多，者个少。者个是朵，那个是瓣。那个若是自然底大机大用，者个只是道心底虚空昭灵。不会么？不会，者里尚有个末后句在：者个只是个无意。莫见苦水如此说，便又大惊小怪。不见古德说达摩西来，也只是个无意。好好一首《减字木兰花》，今被苦水说东话西，肢解车裂，真真何苦。其实一部《东坡乐府》，其中好词，亦俱不许如此说。然而苦水十日之间，居然说了整整十首。虽然心不负人，面无惭色，也须先向他东坡居士忏悔，然后再向天下学人谢罪。

附 录

吾拟说苏词，选目既定，细检一过，而觉诸选家所俱收，或盛脍炙人口而未入吾录者，得五首焉。夫诸家俱选，且盛脍炙矣，是有目共赏之作也，将不须吾之说耳。初故舍之。然吾于此五章，亦不无欲言者在。故终取而略说之。汇为说苏之附录云尔。卅六年九月霍乱预防之际，苦水识于净业湖南之倦驼庵。

念奴娇

赤壁怀古

大江东去，浪淘尽、千古风流人物。故垒西边，人道是、三国周郎赤壁。乱石穿空，惊涛拍岸，卷起千堆雪。江山如画，一时多少豪杰。

遥想公瑾当年，小乔初嫁了，雄姿英发。羽扇纶巾，谈笑间、强虏灰飞烟灭。故国神游，多情应笑我，早生华发。人生如梦，一樽还酹江月。

坡公以此词得名。世之目坡词为豪放，且以苏与辛并举者，亦未尝不以此词也。吾于论词，虽不甚取豪放之一名，然此《念奴娇》，则诚豪放之作。“大江东去，浪淘尽、千古风流人物”。本极可悲可痛之事，而如是表而出之，遂不觉其可悲可痛，只觉其气旺神怡。即其过片“故国神游”以下直至结尾，亦皆如是。更无论其“江山如画”两句，及“遥想公瑾当年”以下直至“灰飞烟灭”之两韵也。然谓之豪放即得，遂以之与稼轩并论，却未见其可。

辛词所长：曰健，曰实。坡公此词，只“乱石”三句，其健、其实，可齐稼轩。即以其全集而论，如谓亦只有此三句之健、之实，可齐稼轩，亦不为过也。

全章除此三句外，只见其飘逸轻举，则仍平日所擅场之“出”字诀耳。即以飘逸轻举论，亦以前片为当行。若过片则浮浅率易矣，非飘逸轻举之真谛也。公瑾之雄姿英发，何与小乔之嫁？然如此说，尚无不可。若夫强虏，顾可谈笑间使之灰飞烟灭耶？

昔读左太冲《咏史》诗曰：“左眄澄江湘，右盼定羌胡。功成不受爵，长揖归田庐。”以为功成身退或尚不难，若江湘左眄而澄，羌胡右盼而定，遂开文士喜为大言之风气，窃尝笑其如非欺人，定是不惭也。坡词于是，虽谓周郎，而非自谓，然其神情，无乃类之。至“故国神游”，想指三国。“多情应笑”，其谓公瑾乎？“早生华发”，则自我矣。然三语蝉联，一何其无聊赖耶？稼轩之“不恨古人吾不见，恨古人不见吾狂耳”，人或犹嫌之，而况此之空肤耶？煞尾二句，更显而易见飘逸轻举之流为浮浅率易。至于后人学之不善，成为滥调，则后人自负其责。苦水尚不忍以是为坡公罪。

水调歌头

丙辰中秋，欢饮达旦，大醉，作此篇，兼怀子由

明月几时有，把酒问青天。不知天上宫阙，今夕是何年。我欲乘风归去，又恐琼楼玉宇，高处不胜寒。起舞弄清影，何似在人间。

转朱阁，低绮户，照无眠。不应有恨，何事长向别时圆。人有悲欢离合，月有阴晴圆缺，此事古难全。但愿人长久，千里共婵娟。

东坡之作，举世所钦，震烁耳目，首推前篇。沦浃髓骨，厥维此章。何者？

《念奴娇》篇，大气磅礴，易于骇俗；《水调歌头》，情致圆熟，善中人意也。以余观之，此章精华乃在前片之琼楼玉宇，高处自寒，起弄清影，人间可住耳。

西国诗人，信道之士，时或赞美大神，倾心天国，唾弃现实，向往永生。其有抱愤怀疑，崇情尚智，又复鄙薄往生，别寻乐土，执着地上，歌咏人间，窃谓二者俱非所论于中土。则以

吾国智士，习论性天，否亦喜庄列者每任自然，崇释氏者辄宗空无。虽有三别，实归一玄。缀文之士，专命骚雅，逊世之士，托身岩阿，大都不免纵情诗酒，流连风月。至于发愤抒情，慷慨悲歌，献酬奉酢，歌功颂德，尚匪所论。

综上以观，韵文神致，西国中土，实不同科。故夫高举者既非同乎热烈之信仰，而住世者仍有异于现实之执着也。吾曩者读苏词此章前片之“不知”以下直迄“人间”，颇喜其有与西洋近代思想相通之处。及今思之，坡公之意，若有若无，惟其才富，故纵情而言，自具高致。与彼西士有意入世，固自不同。

朱敦儒《鹧鸪天》词曰“玉楼金阙慵归去，且插梅花醉洛阳”，与此相近。惟朱语浅露，易见作态；坡词朗润，遂更移人。究其源流，尚非异致。

韩吏部诗曰：“我能屈曲自世间，安能从汝巢神山？”则语意愤激，未若坡老情致蕴藉矣。过片而后，圆融太过，乃近甜熟。此在长公，放情称意，不失本色。从来学人，步趣失真，滋多流弊，吾意弗善，不复费辞。

水龙吟

次韵章质夫杨花词

似花还似非花，也无人惜从教坠。抛家傍路，思量却是，无情有思。萦损柔肠，困酣娇眼，欲开还闭。梦随风万里，寻郎去处，又还被，莺呼起。

不恨此花飞尽，恨西园、落红难缀。晓来雨过，遗踪何在，一池萍碎。春色三分，二分尘土，一分流水。细看来，不是杨花，点点是离人泪。

静安先辈之论词，吾所服膺，其论咏物之作，首推是篇。又曰："和韵而似元唱。"苦水则不以其似元唱而喜此词。或吾于诗词，不喜咏物之作之故耶？总之，不复能强同于王先生而已。

少陵之诗有拙笔而无俗笔，太白有俗笔矣。稼轩之词有率笔而无俗笔，髯公有俗笔矣。此或以才虽高，而学不足以济之，即李与苏之于诗词，稍不经意，犹不免于俗耶？

吾于上章，不取过片，即嫌其近俗，然犹未至于俗也。至于是篇，直俗矣。前片开端至"呼起"，滥俗类如元明末流作家之恶劣散曲。"抛家傍路"，"寻郎去处"，其尤显而易见者也。过片"不恨"两句，可。然曰"恨西园、落红难缀"，则无与于杨花也。"晓来雨过"，"一池萍碎"，好。虽不免滞于物象，乏于韵致，而思致微妙，可喜也。嫌他"遗踪何在"一句楔在中间，累玉成瑕耳。"春色"三句，苦水不理会这闲账。结尾"是离人泪"，苦水直报之曰：不是，不是，再还他第三个不是。几见离人之泪如斯其没斤两也耶？亏他还说是细看。因知老坡言情并非当家。刻骨铭心，须让他辛老子出一头地。

蝶恋花

春景

花褪残红青杏小。燕子飞时，绿水人家绕。枝上柳绵吹又少。天涯何处无芳草。

墙里秋千墙外道。墙外行人，墙里佳人笑。笑渐不闻声渐悄。多情却被无情恼。

笔记谓朝云每歌“枝上柳绵”二句，便如不胜情。又谓其随坡至南海，日诵二语，病极犹不释口。而朝云既没，子瞻亦终身不复听此词。吾意此说或当不虚。然陆平原曰：“落叶俟微风以陨，而风之力盖寡。孟尝遭雍门以泣，而琴之感以末。何者？欲陨之叶，无所假烈风；将坠之泣，不足繁哀响也。”彼朝云之有动于此二词也，此物此志也夫。

而王渔洋氏乃曰：“枝上柳绵，恐屯田缘情绮靡，未必能过，孰谓坡但解作‘大江东去’耶？髯直是超伦绝群。”夫超伦绝群，或者不无，若缘情绮靡，直恐未必。何者？心与物既为缘，情与致即俱生。二语致过于情，是以出而非入。虽曰柳绵渐少，芳草遍生，有情于此，不免伤春。然柳绵之少，无大重轻，芳草青青，至可玩赏，况乃天涯无处而非芳草，则吾人随地皆可自怡，吾之所云致过于情、出而非入者，不益信耶？

试再以辛词“待得来时春尽也，梅结子，笋成竿”，与此相较，则吾之言不益明耶？苟其吹毛求疵，挦章摘句，不独天涯芳草，已嫌于损情而益致，而枝上柳绵尤为不揣本而齐末。此不当云枝上柳绵耶？枝为遍名，总赅万木，柳乃特举，何有众枝？虽然，吾如是说，聊为学人修辞警戒，非于坡公深文周内。彼自豁达，不妨疏阔耳。至于过片，如非滥俗，亦近轻薄，说详上章，不复述焉。

卜算子

黄州定慧院寓居作

缺月挂疏桐，漏断人初静。谁见幽人独往来，缥缈孤鸿影。

惊起却回头，有恨无人省。拣尽寒枝不肯栖，寂寞沙洲冷。

附录五篇，吾肯此章。如是短什复三“人”字，豁达可想，无事吹求。

“缺月”二语，境况幽寂，幽人之幽，坡老自道。鸿影缥缈，既实指鸿，又以自况。“惊起”者何？人为鸿惊也。“回头”者谁？东坡老人也。“有恨”者，人与鸿同此恨也。“无人省”者，坡公有触，他人不省也。结尾二语，谓鸿不栖树，自宿沙洲，无枝叶之托庇，有霜露之侵陵也。所谓“恨”者，其指此也。于是而人之与鸿，一而二，二而一，不复可辨也。

若是，则吾于此词殆全肯矣。竟不入选而归附录者，抑又何耶？吾于是几无以自解。然而有说焉。

以文字之表现论，如是即可。如以意境论，则是固吾国诗人千百年来之传统，而非坡公之所独有也。文士之文，固不可刻意怪险，以致自外于天理人情；亦不可坠落坑堑，以致无别于前贤旧制。坡老此作，尚不至如吾后者所云。然格调既暗合乎曩篇，即酸咸乃无殊乎众味。况乎风骨未甚遒上，以诏后学，易生枝蔓者哉。如曰：苦水虽复哓哓苦口，亦属勰勰过虑。人娶少妻，极相爱悦，既见妻母皤然一婆，归而出妻。亲朋诧异，询其何说。乃云："日后吾妻必类其母。"

苦水于此，正复如然。顾学者立身，希圣希贤，释者发心，成佛作祖。取法乎上，仅得乎中。防微杜渐，着眼不妨略高耳。此自吾意，不关苏词。私心不满，匪宁惟是。忆吾每诵此章，辄觉虽非恶鬼森然扑人，亦似灵鬼空虚飘忽，只有惝恍，了无实质。即彼天仙不食烟火，吾犹弗喜，矧此鬼趣无与人事者哉？

或曰：《楚辞·山鬼》，子亦将如是说之耶？则曰：屈子之作，离忧后来，艰难辛苦，命曰《山鬼》，实皆世谛，未似苏公之虽曰"幽人"，乃只幽灵，虽曰"有恨"，徒成幽恨也。吾如是说，人或不谅。言发由衷，吾意至诚，岂独于苏词，轩轾殿最一准乎是，吾于一切前贤篇什，无不如此。即吾个人学文，创作批评，取径发足，亦复胥然也。

后 叙

苦水既说辛词竟，于是秋意转深，霖雨间作，其或晴时，凉风飒然。夙苦寒疾，至是转复不可聊赖。乃再取《东坡乐府》选而说之，姑以遣日。所幸事少身暇，进行弥速，凡旬有二日而卒业。复自检校，不禁有感，乃再为之序焉。

《典论》之论文也，曰："文以气为主。"而继谓："气之清浊有体，不可力强而致。"曰"清浊"，曰"有体"，曰"不可力强"，则子桓所谓气者，殆气质之气，禀之于文者也。吾读《论语》，不见所谓气，至孟氏乃曰："我善养吾浩然之气。"王充《论衡·自纪》篇曰："养气自守。"吾于浩然无所知，姑舍是。若仲任之意，乃在养生，与子舆氏似不同旨。

以气论文，文帝之后则有彦和。《文心雕龙》，篇标《养气》。盖至是而子桓之气，孟氏之养，并为一名，施之论文。顾刘氏曰："神之方昏，再三愈黩，是以吐纳文艺，务在节宣。清和其心，调畅其气，烦而即舍，勿使壅滞。"语意至显，义匪难析，约而言之，气即文思，故其前幅有曰"志盛者思锐以胜劳，气衰者虑密以伤神"也。是与子桓亦正异趣。至唐韩愈则曰："气盛则言之长短高下皆宜。"至是气之于文，始复合流孟子所言浩然之气。故苏子由直谓气可以养而至。自是而后，文所谓气，泰半准是。子桓言气，授自先天，韩氏曰盛，苏氏曰养，尽须乎养，养之始盛。是则后天熏习，大异文帝所云不可力强者矣。及其末流，乃复鼓努为势，暴恣无忌，自命豪气，实则客气。施之于文，既无当于立言，存乎其人，尤大害于情性。吾于论词，不取豪放，防其流弊或是耳。

世以苏、辛并举，双标豪放，翕然一词，更无区分。见仁见智，余不复辩。今所欲言，乃在二氏之同异。吾于说中已建健、实之二义，为两家之分野。说虽非玄，义尚未晰，今兹聊复加以浅释。

东坡之词，写景而含韵；稼轩之作，言情以折心。稼轩非无写景之作，要其韵短于坡。东坡亦多言情之什，总之意微于辛。至其议论说理，统为蹊径别开。而辛多为入世，苏或涉仙佛。说中所立出入二名，即基乎是。世苟于是仍不我谅，我非至圣，亦叹无言矣。

吾尝稽之史编，汉、魏以还，庄、列之说，变为方士，极之为不死，为飞升。大慈之教，蜕为禅宗，极之为参学，为顿悟。其继也，流风所被，举世皆靡，善玄言者以之为指归。说义理者，藉之见心性。而诗家者流，未能自外，扇海扬波，坠坑落堑。

即以唐代论之，太白近仙，摩诘宗佛，其著者矣。其在六代，翘然杰出，不随时运，得一人焉，曰陶元亮。其为诗篇，平实中庸，儒家正脉，于焉斯在，醇乎其醇，后难为继。其有见道未能及陶，而卓尔自立，截断众流，诗家则杜少陵，词人则辛稼轩。虽于世谛未能透彻，惟其雄毅，一力担荷，不可谓非自奋乎百世之下，而砥柱乎狂澜之中者矣。

至于东坡，虽用释典，并无宗风。故其诗曰："溪声便是广长舌，山色岂非清净身。"又曰："两手欲遮瓶里雀，四条深怕井中蛇。"若斯之类，于禅无干，吃棒有分。倘其有悟，不为此言矣。即其词集，凡作禅语，机至浅露。如《南歌子》"师唱谁家曲"一章与"浴泗州雍熙塔下"之《如梦令》二章，虽非谰言，亦属拾慧。固知髯公于此，非惟半途，直在门外也。

昔与家六吉论苏诗，六吉举其《游金山寺》之"怅然归卧心莫识，非鬼非人定何物"，谓为老坡自行写照。相与轩渠。夫非鬼非人，殆其仙乎？其诗无论。即吾所选，如《南乡子》之"争抱寒柯看玉蕤"，《减字木兰花》之"时下凌霄百尺英"，皆净脱尘埃，不食烟火。又凡其词每作景语，皆饶仙气，而非禅心。

吾向日甚爱其《水龙吟》之"推枕惘然不见，但空江、月明千里"，与《满江红》之"忧喜相寻，风雨过、一江春绿"，谓有禅家顿悟气象。今则以为前语近是，然集中亦只此一处。后者仍是词家好语，作者文心，特其阔大有异恒制耳。然则东坡之词，于仙为近，于佛为远，昭然甚明。远韵移人，高致超俗，有由来矣。

或曰：在道在禅，同出非人，意态至近，区分胡为？则以禅家务在透出，故深禅师致赞美透网金鳞。明和尚谓：“争如当初并不落网？”深师诃之以为欠悟。若夫道流务在超出，故骑鲸跨鹤，翼风乘鸾，蝉蜕尘埃，蹴踏杳冥，沧溟飞过，八表神游，虽亦不无神通变化，衲子视为邪魔外道者也。至两家于“生”，町畦尤判。道曰长生，佛曰无生。道家为贪，佛家为舍矣。纵论及此，实属赘疣，自维吾意在说韵致。学人用心，其详览焉。

抑吾观东坡常不满于柳七，然《乐章集·八声甘州》之“霜风凄紧，关河冷落，残照当楼”，坡尝誉之，以为此语于诗句不减唐人高处。坡公此言，或谓传自赵德麟，或谓传自晁无咎，赵晁俱与苏公过从甚密，语出二子，皆当可谓。然则坡所致力，可得而言。夫柳词高处，岂非即以高韵远致，本是成篇，故其写悲哀，既常有以超出悲哀之外；其写欢喜，亦复不肯陷溺于欢喜之中。疏写景物，遥深寄托，情致超出，于是乎见。柳词既为坡公所誉，坡公为词时，八识田中必早具有此种境界，可断言也。今吾所选，若《木兰花令》之“霜馀已失长淮阔”，《蝶恋花》之“簌簌无风花自堕”，以及集中凡作景语，高处皆然。至《永遇乐》之前片，又其变清刚而成绵密，去圭角以为圆融者也。

向说辛词《青玉案》之“众里寻他”三句，以为千古文心之秘。而辛词混杂悲喜而为深，故当之入。苏词超越悲喜而为高，故偏之出。吾如是说二家之词，豪放之义早已不成，豪气一名，将于何立矣？

是故稼轩非无景语，要在转景以益情；东坡亦有情语，要在抒情以寄景。吾于说中已略及之，学人于是将更不疑吾为戏论也。夫写情之词，而有耆卿，出语淫鄙，为世诟病。宋人诗话载：东坡谓少游曰："不意别后，公却学柳七作词。"少游曰："某虽无学，亦不如是。"东坡曰："'销魂当此际'，非柳七语乎？"审如是，则东坡于词，其作情语，所立标的，亦可准知。

顾情之一名，义有广狭。凡夫生缘所遇，感动触发，举谓之情，此则广义。至若男女两性悲欢离合，是所谓情，乃是狭义。广狭虽分，渊源无别。取其易晓，始举后者。

孔子说诗，其谓"《关雎》乐而不淫"，《大序》乃曰："不淫其色。"混淆视听，殊乖蕉旨。金圣叹氏鲁莽灭裂，遂谓好之于淫，相去几何。以吾观之，中土文人每写女性，既轻蔑其人格，遂几视为异类。声色狗马，同为玩好；子女玉帛，尽等货币。其在前古，尚不至是。降自六代，遂乃同声。则以文人多习官妓之歌舞，尽忘良家之德性，坏心术，伤风化，庸讵尚有甚于是者乎？

诗教滋衰，民族不振，自命风雅，实则淫鄙。唐代之诗，尚多蕴含；宋代之词，至成扇炀。有心之士，作品之中务避异性，欲求雅正，乃成枯淡。先圣有言："食色，性也。"意在创作，至忘本性，缘木求鱼，是之谓夫。伟哉居士，呵彼屯田，不惟具眼，实乃自爱。然吾读其词，除"十年生死两茫茫"之《江城子》外，缘情之作，未臻骚雅。即非玩弄，亦为玩赏。不过昔者视如犬马，坡公拟之琴鹤，较之柳七，五十步百步之间耳。

佛法平等，既未梦见，儒曰同仁，夐乎远矣。以视稼轩之作，苏公不独逊其真情，亦且无其卓识。是以吾取稼轩写情，东坡写景。世乃于苏徒喜其铁板铜琶；于辛亦只赏其回肠荡气。口之于味，即有同嗜，味之在舌，乃复异觉。则吾之说辛、说苏，真有孟氏所云不得已者在耶？

自维素性褊急，习成疏阔，学识既苦谫陋，思想亦未成熟。篇中立说或有矛盾。二三子须会马祖前说即心即佛，后说非心非佛之旨。务通意前，勿死句下。孟氏有言：“人之患在好为人师。”如苦水者，敢居表率倡导之列？然舌耕为业，既已有年，会众听讲，为数不鲜。德不称师，迹实无别。

古亦有云：“师不必贤于弟子。”诸子有超师之见，吾之是说，譬之椎轮大辂可，以之覆瓿引火亦无不可。如其不然，不得错举。至于行文，体每苦杂，语时不达。则以平生学文，鲜为散行，七载以来，衣食逼迫，疾病纠缠，愈少馀暇，留心此事。今兹说词，每于率兴信手，辄复逾闲荡检。或亦稍求工整，亦非务事艰深。

盖仿诸语录者，成之稍易，疏乃滋甚。自觉此病，一至古人篇章理致细密，情趣微妙，吾之说即专用文言，力排语体，下笔较迟，用心庶密耳。

复次，口语用字，含义未周。未若文言，所包为广。记述情事，或尚不觉，说明义理，方知其弊，维兹短说，并非宏著。文章得失，尚在其次。所冀海内贤达，见其俳谐之辞，不视为戏论；遇其恢诡之笔，勿目为怪诞。鉴其至诚，知其苦心，庶乎彼此两不相负。然而不虞求全，责虽在我，报毁致誉，岂能自必。言念及此，弥深慨叹矣。

至吾自视，说苏较之说辛，用心较细，行文较畅。此是我事，无关他人。又凡书之有序，类冠诸篇之前。吾之是序，乃置诸文后。吾向于说辛之序，曾有所谓综合、补足与恢宏者。此序之旨亦复如是。夫既曰综合、补足与恢宏矣，自应后附，方合条贯。

若夫前贤之作，马迁之自序，班氏之叙传，体既弗同，岂敢援以为例。《论衡》之《自纪》，《雕龙》之《序志》，意亦有殊，不必引以解嘲。盖吾之自叙，实等于结论尔。至其泛滥枝蔓，吾亦自知之。

卅二年[①]九月十日苦水自叙于旧京净业湖南之倦驼庵

① 民国三十二年，即1943年。

诗是人生、人世、人事的反应，

无一世法不是诗法。

六一词大旨

旧壬辰岁重阳日独坐无俚，因取欧阳文忠公近体乐府读之，随手评点并选出十一首以备他日细为之说，一如向来说苏辛词。惜体力衰惫，不知何日始能着手。

向日在各校授词，往往以一已之好恶为去取之标准，今选欧公词虽仍不能离好恶，然去留殿最之先。首先注意者有四事：其一，作者生于何等时代；其二，作者长于何种环境；其三，作者如何处理其自家生活；其四，作者以何种言词及材料表现其生活。要理总言之：即拟在作者之作品中，发掘何者为传统，承之前人；何者为创造，出于自己而已。

复次，作家之于其生活，必须表现成为艺术，生机磅礴，生气弥漫，而不能成为古董，只是典型（模式），惟馀躯壳。故词之人于词必须避复。此之复有三种义：一者，不能复前贤，此不须说；二者，不能复已意，即篇之皆同一义者；三者，必不得已而复已意，则所用言词与材料，决不许每篇雷同。山翁日前选《珠玉词》得廿馀，兹选欧词只得十一首，初无成见而结果如此。

大旨准上言。

或问：若如此论词，恐未免期望过高，责求过甚。

答曰：读词若不如此读，等于未读；作词若不如此作，不如不作。无论古今，凡有词人如不能作到此等地步，此是没分晓弄泥团汉，而其所作不如弃之垃圾堆中，或以之肥田；亦只可成为木乃伊，长埋古墓下；或置之博物院考古室，以备专家之参考与研究，不能成为文学作品也。所以者何？内容空虚故，思想萎缩故，生活力贫乏故，想象力薄弱故。

最末，以上不只是说欧公词，亦不只是普说一切词，所有文学作品皆作如是说。既已如是说意，则晏欧多家之词，山翁从此将不复更有说耳。

一九五三年十月廿八日午刻

自注：如词之为体，当不起此期望与责求，则其自身之该死也，亦已久矣。其幸而不至于机械，绝于天壤之间，亦曰“苟免”与“侥幸”而已矣。

人是矛盾的，

在矛盾中找到调和就是诗人；

在矛盾中找不到调和，

学道将成矣。

评点王国维《人间词话》

01

《人间词话》开篇曰："词以境界为最上。有境界则自成高格，自有名句。五代北宋之词所以独绝者在此。"

评点：

境界之定义为何？静安先生亦尝言之。余意不如代以"人生"两字，较为显著，亦且不空虚也。七月六日。

02

《人间词话》曰："有有我之境，有无我之境。……有我之境，以我观物，故物皆着我之色彩。无我之境，以物观物，故不知何者为我。何者为物。"

评点：

有我者，以自己之生活的经验注入于物，或借物以表现之。无我者，以我与大自然化合浑融也。非绝对的无我也。

03

《人间词话》曰：“无我之境，人惟于静中得之；有我之境，于由动之静时得之。故一优美，一宏壮也。”

评点：

“动之静”三字，静安先生一矢破的，盖前无古人矣。

04

《人间词话》曰：“境非独谓景物也，喜怒哀乐，亦人心中之一境界。故能写真景物、真感情者，谓之有境界。否则谓之无境界。”

评点：

境者，一内一外，一物一我，一重观察，一重感觉。

感官耳目所接，内心所感，夫是之谓境界。譬如食蜜，蜜身本甜，然其甜味，必触舌时，始能成立。蜜苟不甜，触舌不觉。舌如有苔，味觉不敏，虽食佳蜜，亦不觉甜。稼轩词曰：“自古此山原有，何事当时才见？”蜜与舌之谓也。老辛读陶，吾谓其了解领会陶诗妙处，当在苏髯之上也。

05

《人间词话》曰：“‘红杏枝头春意闹’，着一‘闹’字，而境界全出。‘云破月来花弄影’，着一‘弄’字，而境界全出矣。”

评点：

若然，则动词须留意也。

06

《人间词话》曰：“严沧浪《诗话》谓：‘盛唐诸公，惟在兴趣，羚羊挂角，无迹可求。故其妙处，透澈玲珑，不可凑泊，如空中之音，相中之色，水中之影，镜中之象，言有尽而意无穷。’余谓：北宋以前之词，亦复如是。”

评点：

太玄妙，不应作如是解。

07

《人间词话》至“……不若鄙人拈出‘境界’二字，为探其本也。”

评点：

以上为“总论”。

08

《人间词话》至“太白纯以气象胜。‘西风残照，汉家陵阙’，寥寥八字，遂关千古登临之口。”

评点：

以下为“各论”，分评五代及南北宋、元诸词人。

09

《人间词话》曰：“‘画屏金鹧鸪’，飞卿语也，其词品似之。‘弦上黄莺语’，端己语也，其词品亦似之。正中词品，若欲于其词句中求之，则‘和泪试严妆’殆近之欤？”

评点：

“作品正代表作者。故以其人之句评其人之词，最为得当。”并于“画屏金鹧鸪”句旁加温飞卿《更漏子》“一叶叶，一声声，空阶滴到明”句。于“弦上黄莺语”句旁加韦端己《浣溪沙》“一枝春雪冻梅花，满身香雾簇朝霞”句。

10

《人间词话》曰：“南唐中主词‘菡萏香销翠叶残，西风愁起绿波间’，大有众芳芜秽，美人迟暮之感。乃古今独赏其‘细雨梦回鸡塞远，小楼吹彻玉笙寒’，故知解人正不易得。”

评点：

稼轩词云：“却怪青山能巧，政尔横看成岭，转面已成峰。”

11

《人间词话》曰：“温飞卿之词，句秀也。韦端已之词，骨秀也。李重光之词，神秀也。”

评点：

此种评语，虽亦佳妙，终觉太“玄”。

12

《人间词话》曰：“客观之诗人不可不多阅世，阅世愈深则材料愈丰富、愈变化：《水浒传》《红楼梦》之作者是也。主观之诗人不必多阅世，阅世愈浅则性情愈真：李后主是也。”

评点：

欲作品之丰富变化（成为一代大家），则又不可不多阅世。况生今日，士虽欲不多阅世，得乎？

渊明阅世多耶？少耶？亦是一大疑问。

13

《人间词话》曰："欧九《浣溪沙》词'绿阳楼外出秋千'，晁补之谓只一出字，便后人所不能道。余谓此本于正中《上行杯》词'柳外秋千出画墙'，但欧语尤工耳。"

评点：

一"出"字，似欲将人心端出腔子外也。

14

《人间词话》曰："梅圣俞《苏幕遮》词'落尽梨花春事了，满地斜阳，翠色和烟老。'刘融斋谓少游一生似专学此种。"

评点：

无可奈何之境也。"疏烟淡日，寂寞下芜城"，"寒鸦数点，流水绕孤村"，正复相似。

15

《人间词话》曰："余谓冯正中《玉楼春》词：'芳菲次第长相续。自是情多无处足。尊前百计得春归，莫为伤春眉黛促。'永叔一生似专学此种。"

评点：

古今感官锐敏者，言欢已叹，方忻已哀。至欧公则寓享乐于颓废矣。

16

《人间词话》曰："古今之成大事业大学问者，必经过三种之境界。'昨夜西风凋碧树，独上高楼，望尽天涯路'，此第一境也。'衣带渐宽终不悔，为伊消得人憔悴'，此第二境也。'众里寻他千百度，回头蓦见，那人正在，灯火阑珊处'，此第三境也。此等语皆非大词人不能道。然遽以此意解释诸词，恐晏欧诸公所不许也。"

加按语曰："羡按：此词（按：指'衣带'二句）亦载六一集中。静安盖以此为欧公作；故末云'晏欧诸公'云云。"

17

《人间词话》曰："永叔'人间自是有情痴，此恨不关风与月'，'直须看尽洛城花，始与东风容易别'，于豪放之中有沉着之致，所以尤高。"

评点：

于颓唐之中寓有享乐之意。于无可奈何之中，杀出一条生路。

18

《人间词话》曰："苏辛词中之狂，白石尤不失为狷，若梦窗梅溪玉田草窗中麓辈，面目不同，同归于乡愿而已。"

评点：中麓（按：明人李开先，号中麓。）当是西麓，陈允平也。静安偶笔误耳。李开先不以词名；且静安论词，除纳兰容若外，不取明清之作：则中麓之为西麓也审矣。

19

《人间词话》至"纳兰容若以自然之眼观物，以自然之舌言情。此由初入中原，未染汉人风气，故能真切如此。北宋以来，一人而已。"

评点：

以上各论毕，以下为结论。

20

附：《人间词话笺》一书中之注，以《敕勒歌》为"鲜卑民族的"。

评点：

《敕勒歌》是高齐时斛律金作，非民族之歌也。

《人间词话》疏义（残稿）

第一分　总论

词以境界为最上。有境界则自成高格，自有名句。五代北宋之词所以独绝者在此。

右总论之一。昔有一妇人，与其夫卖油糍次，忽然呵呵大笑，尽倾其油糍于地。其夫曰：你疯了耶？妇劈面便与一掌，曰：非公境界。静安先生见北宋以后词人惟文字之是务，所以开卷便拈出境界二字。大似唐人两句诗：“却嫌脂粉污颜色，淡扫蛾眉朝至尊。”切莫说是蛾眉，为甚却要淡扫？

有造境，有写境，此理想与写实二派之所由分。然二者颇难分别。因大诗人所造之境，必合乎自然；所写之境，亦必邻于理想故也。

右总论之二。此境本无，创立使有，是曰造境。此境本有，表现成文，是曰写境。静安先生说造说写，原是一种方便。苦水今日道无道有，亦复近于缠夹。所以者何？造境是造，写境何尝非造？“吾令羲和弭节兮，望崦嵫而勿迫，路漫漫其修远兮，吾将上下而求索”，是造。“嫋嫋兮秋风，洞庭波兮木叶下”，是写，亦是造。前者四语是屈原方能创立使有，固已。后二语则后乎屈原者，且不论，前乎屈原，同时乎屈原，见此境者，岂止百千，写出者何以只有屈原一人！莫道只是文字技术问题。饶他捻断吟髭，用尽千锤百炼功夫，却只能写出“心似蛛丝游碧落，身如蜩甲化枯枝”一流死于句下的句子，更无此风流。夫景自外生，触目动心，是名印象。育此印象，使其长成，表而出之，是名曰写，亦即是造。

所以说心转物即圣，物转心即凡。又道是物物而不物于物。维然，故能将一茎草当丈六金身，将丈六金身当一茎草。《琵琶行》写弹琵琶岂即遂听遂写？乞食诗亦在“醺然有些酒意”之后。

世间有一种人，专门去寻诗觅句，只有名之为无罪扛枷。总是物转心，物于物。因他不知如何是造，遂并不能成其为写。纵使注满锦囊，只是一些照相的底板而已。物本立体，摄成平面，是故照相亦且不能得物情体。而况作者逐物写去，尚复成为何种作品？是以静安先生又特特拈出“颇难分别”四字，此是先生婆心，切实为人处，学人不得轻轻放过。

昔者有馈生鱼于郑子产，子产使校人蓄之池。校人烹之，反命曰：“始舍之，圉圉焉，少则洋洋焉，攸然而逝。”子产曰：“得其所哉，得其所哉。”明智如子产，何至为校人所欺？向之生鱼，此时已入校人腹中，何来圉圉洋洋、与夫攸然而逝？

无奈此事虽无，此境界实有，不由子产不落校人彀中。世人多不知求之于境，而只求之于事，用力愈勤，去之愈远。所以静安先生说，大诗人所造之境必合乎自然；而苦水又申之曰：既能创立使无，即是不无。若夫造境悖乎自然，即是痴人说梦，瞽人扪籥，甚者，白痴乱道，醉汉呓语，吾辈幸而不至下愚，且莫听他。至于苦水说有说无，亦是假说，并非实义。所以者何：此境若实无，如何能使之为有？既能创立使有，即是不无。所以说：“彩云影里神仙现，来把红罗扇遮面。急须着眼看仙人，莫看仙人手中扇。”

有有我之境，有无我之境。“泪眼问花花不语，乱红飞过秋千去”，“可堪孤馆闭春寒，杜鹃声里斜阳暮”，有我之境也。“采菊东篱下，悠然见南山”，“寒波淡淡起，白鸟悠悠下”，无我之境也。有我之境，以我观物，故物皆着我之色彩。无我之境，以物观物，故不知何者为我，何者为物。古人为词，写有我之境者为多，然未始不能写无我之境，此在豪杰之士能自树立耳。

右总论之三。有我姑置之，如何是无我？即如大雄氏之慈悲喜舍，可以谓之无我矣。然试问是谁慈悲，是谁喜舍，必待有我，慈悲喜舍方能成立。倘若并我亦无有，如何能有慈悲喜舍？此层亦姑置之，只就文字上起一番葛藤，无我一义亦复难成。“问花”是我问，“可堪”是我不堪，固然已。“采菊”是谁采？“见南山”是谁见？岂非亦即是我。静安先生于此偏要分别有我无我。且又为之说曰：“有我之境，以我观物，故物皆着我之色彩。无我之境，以物观物，不知何者为我，何者为物。”夫词是抒情之作，自我中心，以我观物，亦何待言。若夫以物观物，不知何者为我，何者为物：则又何说？

庄子曰：“昔者庄周梦为蝴蝶，栩栩然蝴蝶也。自喻适志与，不知周也。”又曰：“不知周之梦为蝴蝶与，蝴蝶之梦为庄周与。”静安于此，大似与蒙叟一鼻孔出气。然既云不知何者为我，何者为物，则毕竟有个我在，只是不知则已，并非绝对无我。苦水如是说，颇似与静安先生意见相左，只认有我，不认无我。是又不然。静安原是方便说法，勉强分立有无二义。参曹洞禅，不犯正位，切忌死语。学人亦且不可死于句下。

苦水平时曾说：愈是自己，愈非别人；离己愈近，去人愈远。作者只顾说自家悲欢离合，干人何事？倘若强聒不已，便同乞儿啼饥号寒。不得同情，啼号何益？即得同情，终是贱骨。如何词人乃有此种叫花儿相？总上所言，有既不成，无亦不得。若曰有我是主观，无我是客观，是又不可。无主何客？无客何主？

主观客观，纵有二名，实难分立。物我两得亦复即是物我两忘。有我无我，主观客观，于此一时虚空粉碎。如何是两得？“微云淡河汉，疏雨滴梧桐。”如何是两忘？“采菊东篱下，悠然见南山。”

> 无我之境，人惟于静中得之；有我之境，于由动之静时得之。故一优美，一宏壮也。

右总论之四。元遗山论诗绝句曰：“朱弦一拂遗音在，却是当年寂寞心。”且道此寂寞心是静是动。若道是静，便成止水无波，如何而有创作成为诗篇；若道是动，如何尚能成寂寞心？是故此静非同槁木死灰；此动亦非阳炎渴鹿。动静于此，并非对立。学者不得打成两截。即为“微云淡河汉，疏雨滴梧桐”，静矣。然而曰“淡”曰“滴”，为何非动？“观者如山色沮丧，天地为之久低昂”，动矣。倘若不是收视返听，哪得有此境界？（将老杜此等句子，且不可看作豪放，豪放乃是一种“客气”作怪，使人丧其所守，忘其所以。有如害歇斯底里人相似。世上眼里无珍的人，偏偏执定有此境界，自误可恕，误人难容。）雪堂行和尚曰：“虚而灵，寂而妙，如水上葫芦子相似，荡荡地无拘无绊，拶着便动，捺着便转。”颇似道着些子。苦水犹且嫌他“拶”字“捺”字，多少吃力，不成其为水流花开，一片天机，行乎其所不得不行，止乎其所不得不止。然而初学着些

“拶”“捺”，亦是无法中之一法。要不可把定“拶”“捺”，如没眼的人执定一条明杖，自谓终生有靠。须知黄叶为止儿啼，啼止之后，黄叶自然抛却，若当作无价珍宝，岂非是个没分晓的钝汉？

> 自然中之物，互相关系，互相限制。照其写之于文学及美术中也，必遗其关系、限制之处。故虽写实家，亦理想家也。又虽如何虚构之境，其材料必求之于自然，而其构造，亦必从自然之法律，故虽理想家，亦写实家也。

右总论之五。大自然中，实无一物能独立者。譬如枯树生于旷野，看似孤单，然而俯托大地，仰受日光，而况雨露之所滋润，乌鹊之所托栖，则与他物，并非绝缘。既有关系，便相限制。大旱之载，根株必枯，乌鹊来巢，负荷亦重。（物与物间，倘无关系限制，便成所谓绝对自由。）又如邻猫生子，看似与我了不相干。但子长后，或来窃食，又或叫春，扰人清梦。是故关系既成，限制并立。物与物间，倘无关系限制，便成所谓绝对自由。世间实无绝对自由。是故关系限制无处不在。诗人创作，必有对象，全副精力，专注于此，于是其他，便同无有。有如恋人，男女相悦，达于白热，在男以为得此一女，大事已毕，其他诸女，可不必有；此意在女，亦复如然。作者于此，快刀斩麻，云何尚有关系限制？又或诗人所写至为繁赜，关系限制，一似纷如。然此繁赜实成为“一”，关系限制，都不成立。有如日光原本七色，终成一白，一白既成，七色俱隐。作者于此，洪炉片雪，亦无所谓关系限制。倘此繁赜不成为一，便是所谓七宝楼台，拆碎下来，不成片段，何名作品？由前之说，一即一切；由后之说，一切即一。孔圣有言：吾道一贯。如是，如是。至于静安先生道“虽写实家亦理想家”，“虽理想家亦写实家”，余于总论之二，曾疏其义，读者参阅，自能得之。兹不赘焉。

境非独谓景物也，喜怒哀乐，亦人心中之一境界。故能写真景物、真感情者，谓之有境界。否则谓之无境界。

右总论之六。苦水旧时释此节曰：静安先生所谓境界，一内一外，一物一心，一重观察，一重感觉。又曰：感官所接，内心所感，是谓境界。譬如食蜜，蜜身本甜。然其甜味，必触舌时，始能成立。蜜如不甜，食之淡然。舌苟有苔，虽食佳蜜，亦不觉甜。辛稼轩词曰：“自古此山原有，何事当时才见？此意有谁知？”即此意也。苦水今日重复寻绎，旧时所言，尚未拨着末后关捩。且复再起一番葛藤。所谓境者，非内非外，非物非心，非观非感；亦内亦外，亦物亦心，亦观亦感。合之双美，离之两伤。心物不相离故。物如离心，尚复干彼何事，而顾写之？心如离物，喜怒哀乐复何缘生？吾于总论之二曾述义曰：“景自外来，触目动心，是名印象；育此印象，使其长成，表而出之，是名曰写，亦即是造。”即是此义。总缘静安强聒，遂使苦水饶舌也。夫诗人常有民胞物与之心，而顾不转于物，常有摆脱万缘之概，而又悲天悯人。笑他李长吉、陈无已二人，一个锦囊贮诗，是曰逐物；一个关门觅句，是曰绝缘。逐物者丧我，绝缘者寡情。纵教作品震烁一时，终非诗家本色。

“红杏枝头春意闹”，着一“闹”字，而境界全出。“云破月来花弄影”，着一“弄”字，而境界全出矣。

右总论之七。静安于此老婆心切。苦水于此嫌他着迹。大师若不为人，如何接引后学？然而不悟强聒，犹且尚可；倘若屈高就低，纵然明白易晓，滋多流弊。苦水十五年前读《人间词话》，于此节下注曰：“若然，则动词须留意也。”及今思之，当然纵非扪烛为日，亦是认指作月。切望后来读者，慎勿执定“闹”字“弄”字。假如初学作词，不得已而着些“挲”“捺”，亦且不可认此“闹”字“弄”字是自外铄成，更不可认作是字面功夫。外景内心，观感交融，此等字眼自然凑赴腕下，一落勉强，便成助苗之长。且道如何是外感内心观感交融？演和尚曰：“白云山头月，太平松下影；良夜无狂风，都成一片境。”雪堂曰：“后两句，学者往往增其解路，不若只看前两句，自有径正发药人的道理。”苦水曰：如是如是。

境界有大小，不以是分优劣。“细雨鱼儿出，微风燕子斜”，何遽不若“落日照大旗，马鸣风萧萧”。“宝帘闲挂小银钩”，何遽不若“雾失楼台，月迷津渡”也。

右总论之八。日丽中天，雨霑大地，有生之伦无不被其照煦滋润。百草千花相斗并作。其中牡丹，乃若木兰，顺风散馥，花大如碗。亦有蓟花，小如粟粒，色作淡碧，了不生香。更有小草，青青不花。凡此种种，造物视之，无有区分，一切平等，岂独不以牡丹木兰日倍光明，雨露霑足；亦并不以小草微花，遂而竟使羲和匿彩，旱魃肆虐。诗人之心亦复如是。外景内心相遇交融，既成境界，便有创作。时而或值泰山崩颓，神智湛然；时而或值一瓣花飞，泪流如霰，是故境界只有真伪，更无大小可校计。在勃雷克①亦有诗曰：粒沙窥世界，一花见天心；无限归掌握，永生在寸阴。

To see the world in a grain of sand
　　and a heaven in a wild flower,
Hold infinity in the palm of your hand
　　and eternity in an hour.

W. Blake's *Auguries of Innocence*

① 今译布莱克。

严沧浪诗话谓："盛唐诸公，惟在兴趣，羚羊挂角，无迹可求。故其妙处，透澈玲珑，不可凑泊。如空中之音，相中之色，水中之影，镜中之象，言有尽而意无穷。"余谓：北宋以前之词，亦复如是。然沧浪所谓兴趣，阮亭所谓神韵，犹不过道其面目，不若鄙人拈出"境界"二字，为探其本也。

右总论之九。……